中国小学生
成长速读故事

总策划／邢涛　主　编／龚勋

U0639877

启发小学生

明理懂事 的

真情故事

QIFA XIAOXUESHENG
MINGLI DONGSHI DE
ZHENQING GUSHI

汕頭大學出版社

前言
FOREWORD

一个好故事改变孩子一生

　　童年对人的一生影响巨大，在这一时期，孩子的性格、生活习惯和处事方式都会在潜移默化中逐渐形成。如何培养孩子优秀的人格，提升他们的智商、情商、创造力等，是很多教育家和家长关心的问题。

　　为了在孩子们心里播撒智慧和美德的种子，我们编写了这套《中国小学生成长必读故事》。这套书共六册，主题鲜明，内容丰富。我们用生动活泼的语言向孩子们讲述一个个故事，这些故事或富含哲理，或饱含真情，或幽默风趣，能让孩子们在阅读中有所感悟，对他们的成长有所启发和教益。

　　阅读可以开拓视野，丰富内心，提升修养，相信孩子们会从这套书中汲取精神的养料，茁壮成长。

目录
CONTENTS

有一种善良是发自内心的，它不求回报，但回报往往出乎人的意料。

爱的对面也是爱

文/崔修建

　　夏日的午后，炎炎烈日炙烤着大地。整整一上午没揽到一份活的她，擦着脸上似乎总也擦不完的汗水，倚着那辆收拾得干干净净的人力三轮车，焦急地寻觅着今天的第一位顾客。

　　忽然，她发现不远处的街道边躺着一个人，赶紧蹬车过去。

　　原来，倒在街边的是一位中暑的老人，看样子他的年龄得有七十多岁了。

　　不少行人从老人跟前走过，或叹息，或同情地议论几句，诸如"也不知是谁家的老人，可能是血压高或犯了心脏病"，"这么热的天，做儿女的应该陪在身边才对呀"。但很快大家都匆匆离开了，因为谁也不想惹麻烦。

　　她把车子蹬到老人跟前，冲着围观者喊了一声：

"快送医院哪！"

旁边有人问她是否认识地上的老人，她摇头。有人便暗笑她太傻，心里说谁不知道该送医院啊，可谁来掏钱呢？再说万一……

"不能再耽误时间了，先救人要紧。"她赶忙抱起老人。人群中有一个年轻人搭了把手，帮她把老人架到了人力三轮车上。

她一口气把车子蹬到最近的一所医院。当医生要她交住院押金时，她傻眼了——她翻遍所有的衣兜，只找到三元钱，那还是她省下的午饭钱。

她说了许多好话，一再请求医生先救人，但医生淡然地说他们没有学雷锋的义务，让她赶紧把钱凑齐再来医院。

她急得眼泪都流出来了，一下子跪在了医生面前，说她和丈夫都刚刚下岗，一时拿不出那么多钱来，但她会想办法去凑齐的。

医生漠然地责怪了一句："既然你没钱，就别揽这样的麻烦事啊！"

"是的，我没钱，可我有一颗人心。你必须马上给我把老人救过来，钱我一分也不会少你的。"

她愤怒地抓住医生的衣袖，大声说道。

"你，你……"医生被她的样子吓住了。

老人被抢救过来了，她和丈夫用借来的三百元钱，补交了医疗费。

一周后，一件特大好事降临到她身上——她和丈夫均被安排到本市实力雄厚的一家民营企业工作，工资是他们想都不敢想的。

原来，被救的那位老人的儿子正是这家民营企业的总裁，他说救命之恩怎样回报都不过分。

她不由得心生感激，觉得自己只帮助人家做了一点小事，人家却改变了她的生活。

真的，爱的对面也是爱，有时对别人真诚，慷慨地给予帮助，最终帮助的正是自己。

真情传递

故事中的女主人公虽然自己的生活过得很艰难，却竭尽全力地救助昏倒的老人，好人有好报，她的生活因此发生了改变。当别人有危难的时候，我们不能视而不见，要力所能及地帮助别人，不图回报。♥

爱的吮吸

文/张翔

那天，朋友来我家聚会的时候，我下厨了。其实主厨的依然是母亲，我只是打个下手，切切菜而已。但我切菜不是很顺利，切着手了。

当时，我正在切辣椒，辣椒圆滑，一刀下去，居然切到了指头。

我扔下刀，血从一道深长的口子中涌了出来，热辣的椒汁同时渗透进去，我的手指顿时被一种剧烈的疼痛灼伤着，居然忍不住甩着手指大叫起来。

就在这时，我的母亲顿时被吓得脸色苍白，仿佛从来都未曾见过我受伤一般。

母亲居然下意识地弯下腰去，将我鲜血直流的手指含在嘴里吮吸起来，还一边哄着我说："不疼不疼，没事的……"那样子像是小时候哄我一般……

紧接着，门口传来一阵笑声，我的朋友们被我们母子俩的举动逗笑了。

在朋友们眼中，我已经是七尺男儿，早不是个三岁小孩了，这小小的刀伤肯定是能承受的。而母亲却仍然像哄小孩一样吮吸着伤口，她在用自己最温柔的部分爱抚着我的伤痛。

显然，我的母亲心底里那深沉的母爱在我受伤的瞬间被自然而猛烈地激发了出来。

被母亲吸过的手指，果然不那么痛了。母亲她笑吟吟地为我包扎着伤口，眼角被笑容挤出盈盈的一汪清泪，泛起无尽的怜惜……

两天后，我的伤口并没有好转，反而化脓肿痛了，我只好去了医院。

在医院候诊的走廊里，我坐在椅子上等待诊断。我的旁边坐着一个男人，他抱着自己的女儿，也在候诊。小女孩还小，不停地哭闹着。她的哭声嘶哑，气都喘不过来。男人一边不停地抚摩着女儿的额头，估计着发烧的温度，一边嘴里还哄着小女孩。

男人说："哦……宝宝……你哪里不舒服啊……"

小女孩吞吞吐吐地答道："我……我喘不过气来……我鼻子难受……堵着……难受……"

男人马上伸手捏住女儿的鼻子，说："宝宝，来，擤鼻涕……"

那小女孩真的憋足气在擤鼻涕了。只见她的脸都憋红了，却不见鼻涕出来，显然鼻子堵得很厉害。

　　小女孩只好放弃了，吐了一口大气，又哭开了，然后又更剧烈地喘气，显然呼吸有些困难了。她哭着说："爸爸，我吸不了气，我难受，我的鼻子堵死了……"

　　这个男人"哦、哦、哦"地应和着，眉头紧皱着，显得无奈而焦灼……

　　就在这时，男人忽然低下头——他的举动立刻震惊了我——他弯下腰，将嘴唇对准了女儿的鼻孔——天哪！他在用嘴吮吸女儿鼻子中堵塞已久的鼻涕……

　　我顿时被感动了，被一位父亲的举动打动了。他居然用自己的嘴为女儿吸鼻涕！

　　这是怎样一种尴尬而美丽的爱的吮吸啊！如果不是亲眼所见，我是永远无法想象的。他的举动甚至让我惭愧于对爱的想

象的穷乏！

　　而这个男人却无暇顾及其他，不经意地为我们展示了一种无所不能的爱，一种来自于父亲的无比深沉的爱。

　　我忽然想起了我的母亲，想起从小到大她对我关怀备至，每一次我受伤的时候她都会给我爱的吮吸。那种发自内心的本能的或是已成习惯的爱的吮吸，为我吸去了多少伤痛啊。眼前这位伟大而平凡的父亲，又将给自己的女儿多少爱的吮吸呢？

　　而这个小女孩是否能和我一样认识到，原来在这个世界上，还有一种无比美丽而温柔的爱的方式，它的名字叫吮吸。这种吮吸不是含乳在口的索取，而是另一种温柔无比的给予，那是一种用最温柔的部分抚慰伤痛的给予。而她又是否能比我更早地感动于这种爱的吮吸呢？我想，她若有心，肯定能记住父亲这弯身吸涕的温柔，进而被感动一生一世。

真情传递

故事通过"我"在家和医院的亲身经历，表现了伟大的母爱和父爱，让我们深受感动。父母对孩子的爱是无微不至的，也是无私的，因此，我们每一个做子女的都要体会父母的爱，更要懂得感恩和回报。♥

有一种爱虽然含蓄，却丝丝缕缕的，绵延不绝，让人深深地感动。

爱的赠予

文/张翔

我在一家杂志社工作的时候，偶尔结识了一位朋友，朋友是那本杂志的读者，所以谈得很投机。彼此熟悉之后，他就不再到报刊亭里买杂志，而是特意从我们编辑部买杂志。

有一次，他买杂志的时候，忽然莫名其妙地问我有没有杂志社的赠章。我一下没有明白过来，问他为什么要赠章。他只是微微一笑，问我到底有没有，说是借用一下。

我掏出抽屉里的赠章给他。他马上掀开杂志的扉页，在上面摁下一个深深的印有"××杂志社赠"的章。

我笑着问："这章好看吗？摁了章你就转卖不出去了！"

他笑着答道："我不卖，收藏这么一个章很有面子！"

我哈哈大笑，笑他虚荣。他也憨实地笑着。

之后的日子，他每月都来我这里买杂志，都要将赠章深深地盖在那本定价七块钱的新杂志上。我默许着他这种小小的虚荣，同时暗自为自己所从事的职业而骄傲。

直到放年假的前一天，我正忙碌的时候，他又匆匆地赶来了。我知道他肯定不是来买杂志的，因为此前他已经买过了。他是冲着我的赠章来的。

他依旧憨厚地冲我笑，从怀里取出一叠旅行社的套票，然后拿起我的赠章在上面盖了一个深深的章印。

我很惊诧，说："我们单位可没有这个财力支持你外出旅游啊！"

他笑着解释道："我是给我妈办的，她老想回厦门老家看看，却总不舍得花钱，所以搞个赠章她会舒坦一点……"

原来朋友的母亲是南方人，自从嫁到北方后，就很少回老家，因此常常思念故乡。于是朋友省吃俭用，攒下一笔钱为母亲办了一次回故乡的旅游。他特意到我这里盖个赠章是为了骗母亲说这是我们单位送的，因为我没有时间去，所以给了他，而他又献给了母亲，恰到好处地成全了母亲的回乡之念。

朋友还告诉我，他每次跑到我办公室里来买杂志，是买给他母亲的。他盖一个带"赠"字的章，是为了他那勤劳节俭的母亲能坦然地接受他爱的馈赠。

故事中"我"的朋友用一种特别的方式让他的母亲心安理得地接受他的"赠予"，体现了他对母亲深沉的爱。其实，父母对子女总是无私地付出，却很少要回报。只要我们懂得感恩，哪怕是帮父母实现一点小小的愿望，他们就会很满足。♥

虽然那位同学没有在千米田径赛上获得名次，但他获得了更大的荣耀。

爱是第一

文/仲利民

读高二时，学校里举行运动会，最吸引人的一场比赛是千米田径赛。

经过初赛、复赛，到决赛那天，全校的同学都聚集在操场边，等待着精彩的比赛。

只见十位参加比赛的同学在起跑线前蓄势待发，场面紧张而热烈。

随着发令员的一声枪响，同学们立即冲了出去。就在这时，一位同学胳膊甩动的幅度大了一些，把另一位同学撞倒了。也许因为撞人的那位同学心无旁骛，一心挂念比赛，他没有停下来。而跌倒的那位同学因为没有心理准备，摔得很重，腿上渗出了血。他试着自己爬起来，却没有成功。

这时，跑得最快的选手一圈已过，他是这次千米田径赛的热门夺冠人物。此刻，他恰巧经过跌倒的同学的身旁，只见他的动作渐渐地慢下来，停下来，最终走过去扶起了那位跌倒的同学。

他对那位同学说了些什么，像是在鼓励他坚持跑下去。那位同学点点头，他们相互扶着跟在后面跑动着。

此刻，操场边响起了经久不息的掌声，这掌声是送给跑在

最后的两个人的。

千米赛道只有短短的四圈，前八名选手都已经过了终点，唯有他们二人还在赛道上坚持跑着。

到最后，完全是那位同学搀扶着受伤的同学走完了赛道。

等他们一过终点，同学们就围了上去，把受伤的那位同学抬到了医务室。

在为获奖者颁奖时，除了前三名，校领导还把跑在最后的俩人也请到了领奖台边。虽然他们没有站在台上，却似乎比台上的人站得更高。

多少年过去了，对于那次比赛，究竟是谁获得了第一名、第二名，没有人还能记得。让同学们永远无法忘记的是赛道上最后相互搀扶的两个人。他们把友爱诠释得淋漓尽致，深深地铭刻在我们那一届同学的心头。

在漫长的人生赛道上，才能、拼搏、奋斗，是人生必需的，他们的确能带来荣耀与光彩，但是唯有博大的爱才是最值得褒扬的，因为爱是一切荣耀之首，是人类最应弘扬的精神。

真情传递

比起比赛的输赢，同学之间的友谊更重要。故事中的那位跑步很快的同学为了帮助摔倒的同学，放弃了获奖的机会。他虽然输了比赛，却赢得了宝贵的友谊，受到所有人的称赞，是真正的无冕之王。♥

出人头地虽然很重要，但为了陪伴和照顾家人，她宁愿做一个"没出息"的人。

爱是最大的出息

文/张翔

我有一个很有个性的朋友，她从小到大都住在城西的小平房里，从来都没有离开过这座城市。用她的话来说，她就喜欢这座古老的城市。

关于这位朋友的笑闻有很多。比如她从小学习成绩都很好，从小学到高中的成绩基本上都名列前茅，期间还跳过级。为此，她为自己省了不少学费感到庆幸。

就在大家都期望着她考上清华北大，为学校争光的时候，她却只报考了西安的一所大学。

成绩出来的时候，她的分数远远超过了清华北大的录取分数线。大家都问她为什么犯傻，她却很羞涩地回答："我就喜欢西安，不想去别的地方。"据说，连校长都忍不住骂了她一句："没出息！"

但没什么能掩盖她的优秀，在西安

的那所普通大学里，她依然出类拔萃，独占鳌头。在她毕业的时候，她被学校特别推荐到美国的一所大学留学，费用减免。

当美国寄来入学通知书的时候，她依旧推辞掉了，把机会让给了别人。

当老师们暴跳如雷地责问她的时候，她依旧羞涩地回答道："我就喜欢西安，哪里都不想去。"老师们又重复了一句话——没出息。

发生这件事情的时候，我们刚认识。我一听说这件事情，就为之叹息，有种恨铁不成钢的感觉，心中也纳闷：这么优秀的女孩怎么就这么没出息呢？

直到今年初秋的时候，她第一次邀请我们去她家里做客。她的家依旧在城西，还是小平房。

去她家的途中，我一路试想这个个性十足的姑娘家里会有什么新奇的摆设、个性的装点。直到我跨进她的家门的时候，眼前的情形让我大吃一惊。

在她的家里，家具摆设都是上了年月的，破破烂烂，说明主人的生活很艰辛。而更让我吃惊的是，她家里还有一个双腿残疾、瘫痪在床的母亲。

原来，她的父亲早在她三岁的时候，就因为一场矿难去世了，丢下了她们母女俩。

她的母亲为了供她上学，每天在马路上冒着生命危险向来回车辆上的司机卖报纸。有一天，一辆车将这位辛苦的母亲撞倒在马路上，车轮轧断了她的双腿。内疚的司机补偿了一些营养费，但母亲却将钱用作了她的学费。从此，她母亲就坐在轮椅上，在居民区的门口卖些小百货，她们母女俩一直靠着微薄的收入相依为命。

在后来的高考和留学事件中，她"很没出息"地放弃了这些难得的机会，只是为了更好地照顾母亲，因为她知道母亲离不开她，而她深深地爱母亲。

我明白过来的时候，泪水湿了眼眶。我责怪她："你怎么不早点说出来呢？大家就不会说你没出息了！"

她微笑着淡淡地回答："我妈本来就觉得她好像耽误了我的前途，如果大家知道了，我可能会被人理解，但我妈心里可能会很难受。而如今，我的生活目标早已明确了，能让她好好地生活，爱她终老，这就是我最大的出息了。"

她话一说完，眼神便温和地望向卧在里屋床上的母亲。而我早已思绪飘飞了。

我想起了去年冬天这个城市的一则新闻：西安二十六中的一位老师破天荒地让她那年少的学生们在风华正茂的年纪畅想人生，写下自己的墓志铭。

学生们的墓志铭各式各样。有人给自己这样写："这个人是第二个姚明"；还有的人给自己这样写："这个人为中国的航天事业作出了杰出贡献"；更有人写："有一个伟大的科学家在这里长眠"……诸如此类。这些墓志铭大都充满了豪情壮志，我们有理由相信这些孩子有出息。但是其中有一个学生的墓志铭异常平淡，可是却深深地打动着细心的人们。他给自己的墓志铭是："这个人将毕生的爱献给了他深爱的母亲！"

据说，有人笑这个学生不像其他同学一样有出息，但他的母亲却没有指责他目光短浅、胸无大志，反而沉浸在莫大的幸福当中。

其实，人们又有什么理由指责他没有出息呢？如果他们读懂了我朋友的故事，再回头看看这个孩子的墓志铭，或许都会明白一个道理——在这个世界上，爱是最大的出息。

真情传递

故事中的女孩为了能让母亲好好生活，宁愿放弃大好的前程，甘心"平庸"。还有那位将爱母亲作为最大荣耀的学生，他也不是没有出息，只是心里爱的砝码更重而已。只要我们懂得感恩，回报父母的爱，即使平庸，也是有出息的。♥

爱谁都值得

文/马德

他原本是一个弃婴，二十年前被一个女人抱回了家。

这家就夫妻俩，他们四十岁上下，膝下无儿女，住在城市的郊区。他们的日子过得也很凄凉，丈夫有病，女人常常靠外出帮别人做事或者去城郊拾破烂养家糊口。然而，他们待孩子并不薄，视同己出。

虽然他们的日子过得紧巴巴的，但还是买了奶粉、鸡蛋，一路把孩子拉扯大。

长大后，他小学没念几天，就不上了，跟着一帮孩子胡混。一开始，他还回家。后来，一看到养父病恹恹地躺在床上，养母头发蓬乱地忙这忙那，他就有点烦这个家了。

　　有一次，在城里的公园，他跟几个孩子抢了民工的钱，结果被抓了起来。他被放出来后，心想：如果那个家有一点儿嫌弃他，他就彻底离开。

　　然而养母依旧亲热地待他，似乎什么也没有发生一样。

　　之后，他的养父死了。他的养母也越发老了，就像风中的蜡烛，头发花白蓬乱，也更加憔悴了。

　　到了就业的年龄，他没有找到工作，一天到晚四处闲转。结果，因为一次合伙抢劫，他被判了五年有期徒刑。

　　五年的日子是灰暗的。这期间，还是这位六十多岁的养母，千里迢迢奔到他服刑的监狱探视他。

　　望着已经风烛残年的养母，他有些痛心，觉得非常对不起她。

　　出狱后，他并没有回到养母所在的那个城市。他辗转了好几个地方，最后在另一个城市待了下来。

　　几乎没有安稳几天，他又和当地一些不三不四的人勾搭到一起。这一次，他们要做一宗大买卖——炸运钞车。

　　然而，事情蹊跷的是，那天他们一伙人几乎就要得手了，结果他负责引爆的炸药竟然没缘由地熄了火。因为炸药没有爆炸，运钞车安然无恙，周围的人也没有受伤，而他们却被警方抓获了。

　　在警方的询问中，他交代，之所以没有引爆炸药，是因为在即将点燃引线的一刹那，他发现旁边有一个蹬着三轮车的老女人，她白发蓬乱，像极了自己的养母。

　　他的这一闪念引起了警方的注意。他们通过当地派出所查

询，得知他的养母还活着，便千里迢迢把他的老母亲接来，安排与他见面。

当他的养母看到他的时候，便一下子扑上去，紧紧地抱住了他，母子俩抱头失声痛哭。

养母说："你的事情警察都和我说了。"

他哭得更厉害了，说："妈妈啊，儿子对不起你，对不起你这么多年来含辛茹苦的抚养。我这样狼心狗肺的家伙，辜负了你这么多年的爱。"他接着有些撕心裂肺地喊道："妈妈，你爱错人了……"

"不，"养母拢了拢头发，接着说，"妈妈并没有爱错人。是的，在这之前，妈妈也曾伤心过，对你几乎已经不抱什么希望了。但是，这一次你所做的事让妈妈知道，妈妈并没有爱错你！"

故事的结局很简单，漫长的刑期之后，他也已经一大把年纪了。后来，他在一个偏僻而陌生的城镇开了一家小吃店。

没有人知道他是从什么地方来的，原来是干什么的。那里的人们只知道他接济过不少需要帮助的人，是一个很有善心的人。

他死之前，把他的那家店留给了一个孤儿。他给这个孤儿的遗言只有一句话，据说那句话是他的养母留给他的："这个世界，爱谁都值得。"

真情传递

尽管自己的养子不学好，走上了犯罪道路，故事中的这位养母却一直无悔地付出。而有付出，就会有回报。母爱如此神奇，它让我们懂得生活充满希望，让我们懂得生命需要付出。把爱播撒出去，去爱身边的每一个人吧，因为爱谁都值得。♥

一把伞引出一段感人的真情，其中有热心的阿姨，还有善良的盲爷爷……

伴　奏

文/佚名

　　华子在县城的一所小学读五年级。这天，他放学刚出校门就遇上了大雨，只好在校门前小卖部的雨棚下躲雨。小卖部的阿姨是个热心肠的人，她见大雨一时停不了，就拿出一把伞，借给华子用。华子感激地道了谢，接过崭新的折叠伞，"嘭"地一下打开，心里甜滋滋的！

　　第二天，天放晴了，华子没忘记带上雨伞。他将雨伞插在书包的外口袋里，然后朝学校一路小跑起来。快到校门口了，他下意识地摸了摸书包的外口袋。哎呀，雨伞不见了！他的心"咯噔"一下紧张起来，这可怎么办呀？华子一咬牙，沿着刚才走过的地方一路找过去，可哪有雨伞的影子？华子一着急，哭了起来："谁捡着我的雨伞了呀？"

　　"孩子，你别找了，你的

雨伞早被人家捡走啦！"

　　华子抬头一看，说话的是位街头摆摊的盲爷爷。他连忙止住哭声，向盲爷爷打听谁捡到了伞。盲爷爷说："我听人说在这儿捡过一把雨伞，还是崭新的，对吗？"华子一听，又"哇"的一声哭开了，边哭边说："这雨伞是我借的，现在弄丢了，我拿什么还人家呀！"

　　盲爷爷关切地说："要不，你拿家里的雨伞赔人家也行啊！"

　　华子说："可是，我家里只有一把破雨伞……"

　　盲爷爷半晌没做声，最后对华子说："孩子，别着急，这把雨伞呀，我帮你找回来！"华子疑惑地看着盲爷爷。盲爷爷微笑着说："我会掐指算命，谁捡了你的雨伞，我只要掐指一算就知道了！"华子一听，抓着盲爷爷的手直晃："我要和您一起去找那个人要回雨伞！"不料，盲爷爷脸色一沉说："你要是不去上学，我就不给你找伞了！"华子见盲爷爷生气了，只好答应去上学。

　　盲爷爷听着华子远去的脚步声，收起折叠小板凳，腋下夹着二胡，手里点着盲杖，"滴滴答答"地朝市中心的步行街走去。步行街上有许多小门店，盲爷爷走到一家门店前，朝店堂里鞠了个躬，又拱了拱手说："老板，恭喜发财。我唱个小曲给您助个兴，您高兴就给三五角小钱；不爱听就拍拍巴掌，咱图个热闹。"说完，便"吱吱嘎嘎"拉响了二胡，张嘴唱开了。

盲爷爷自拉自唱起一首流行歌曲。听得出来，盲爷爷还不熟练，嘴里唱的和手里拉的都不靠谱儿。曲子还没唱完，人家就不耐烦了，连拉带扯，硬是把盲爷爷给轰走了。盲爷爷也不嫌烦，点着盲杖又去了下一家。当他再一次拉响二胡，准备开口唱时，突然有个童声在二胡的伴奏下响起。盲爷爷见有人助阵，这才把二胡拉上了谱儿。一曲下来，总算没人起哄了。盲爷爷眨了眨那双瞎眼，动情地说："孩子，谢谢你！能告诉我你叫什么名字吗？"

半晌，才听到小孩嗫嗫嚅嚅的声音："盲爷爷，对不起，我就是丢伞的那个孩子，我没回学校。刚才见您又拉又唱，怪吃力的，就忍不住过来替您唱一下。"

盲爷爷叹了口气，说："你到底跟来了！唉，也罢，咱爷儿俩就搭帮，一起来唱几曲吧！看来，这雨伞还真的有指望啦！"

华子不解地问为什么。盲爷爷神秘地笑了笑说："你没听说过音乐可以让人变得和善友爱吗？只要咱俩好好儿地唱，人家一感动，嘿，没准儿就把伞给还回来了！"

华子觉得挺神奇的，但他相信盲爷爷，就按盲爷爷说的做。那些店老板看着这一老一少卖力的劲头，还真有被感动的，于是这个一块，那个五毛，直往华子兜里塞。华子愣住了，悄悄地扯住盲爷爷问："店老板给咱好几块钱呢，咱要不要？"

盲爷爷躬下身来，附在华子的耳边说："傻小子，加油唱吧，这只找着个伞把儿，还有伞骨子、伞衣裳没找回来呢！"华子恍然大悟，说："盲爷爷，咱这叫卖唱买伞，对不？"盲爷爷笑着点了点头。华子望着盲爷爷，不由得热泪直流。过了一会儿，歌声和二胡声又在街边回荡起来……

真情传递

盲爷爷奏响二胡，沿街卖唱，帮助华子筹集买伞的钱。这片心、这份情，怎能叫人不感动呢？感动之余，我们还应该想想，在别人有困难的时候，我们是不是也该伸出双手，帮别人做点什么，哪怕只是一点点！♥

请不要嘲笑孩子的天真，人世间爱的火种需要纯洁的心灵去采集和播撒……

别用年龄衡量爱的能力

文/蝶舞沧海

他是个九岁的孩子，自出生起就在孤儿院里长大，但他一直想找到自己的妈妈。

有天傍晚，他在河边发现一个昏倒在地上的男人。他马上给医院打了急救电话，将这个突发心脏病的男人抢救了过来。这个男人是电视台有名的节目主持人，他万分感激，要给孩子很多钱，并供他读书。但孩子拒绝了，只要求他力所能及地帮助十个人，然后再让那十个人去帮助另外十个人。

男主持人很奇怪地问为什么。孩子红着脸，犹豫着说出了自己的想法。他说，如果以这样的方式传递爱心，也许终有一天，受帮助的那些人中会有自己的妈妈。男主持人被孩子天真又深沉的爱感动了，在当天的电视节目直播时讲述了孩子的故事。很多看了节目的观众热泪盈眶，纷纷表示愿意做那十个人中的一个。

然而有一天，孩子遭一群小流氓抢劫，被捅了几刀。在医院里，昏迷中的孩子一直喃喃地呼喊着："妈妈，妈妈……"孩子的安危揪紧了全市人民的心，电视台二十四小时关注着孩子的病情，所有关心孩子的人都在祈祷他能苏醒。

两天后，孩子永远地离开了这个世界。离开时，他的小脸上挂着幸福的微笑，因为他终于握着了妈妈的手。在场的所有医护人员哭了，电视机前的观众哭了，整个城市的母亲们哭了……

从那以后，昔日冷漠的人们变得有人情味了。孤儿院的孤儿纷纷被领养，敬老院的许多老人被子女接回了家，每个人都懂得了对亲情、对爱的珍惜。

真情传递

爱，是一种情感，更是一种能力——一种不自私、懂得给予的能力。孩子的心灵就像一张白纸，因其纯洁无瑕，所以往往具有大爱的能力。其实，只要我们领悟了爱的真谛，试着无私地给予，每个人都会在爱与被爱中体会到真正的幸福。♥

在学校里，那个因严厉而让人恐惧的人竟然有如此温和的一面，如果不是亲身经历，或许没有人相信。

藏在威严下的关爱

文/佚名

在我十四岁的时候，我被送往柴郡学院去读书。那是一所专门为家庭有问题的男孩子设立的寄宿学校。我的问题是我酗酒的母亲拆散了我们的家庭，为此父亲把我送进这所学校就读，从此远离母亲。

在柴郡学院一年级新生的入学典礼上，最后一位讲话的是纪检总长——弗雷德·奥利尔，他在耶鲁大学求学时曾是一名泛美橄榄球运动员。当他移动他那庞大的身躯，对着话筒讲话时，在场的每一个人都安静了下来。奥利尔先生的讲话很简短，大体内容是：不许走出校园，不许吸烟，不许酗酒，不许同镇上的女孩子接触。如果有人触犯了这些规定，将会受到严厉的惩罚。

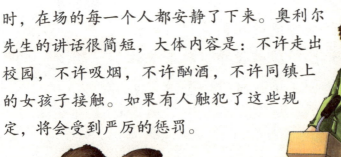

正当我以为他已经结束了讲话的时候，他又以一种和缓低沉的语调说："如果你们有人有什么困难的话，我办公室的门随时都向你敞开着。"这句话在我的内心深处产生了巨大的震动。

随着校园时光的流逝，我母亲酗酒更厉害了，她不分昼夜地打电话到我的宿舍，用含糊不清的话语请求我休学回家，同她住在一起。我爱她，对我来说，拒绝她很痛苦。她的每一个电话都搅得我心绪翻腾，烦乱不安。

一天下午，在一年级的英语课堂上，我一直思考着前一天夜里母亲打过来的电话，感情一时失控，眼泪夺眶而出，因此我问老师是否可以让我离开一会儿。

老师问："出去干什么？"

我回答："去见奥利尔先生。"

我的同学都愣住了，吃惊地看着我。老师暗示我："你做错了什么？或许我可以帮你。""不！我想现在就到奥利尔先生的办公室去。"说着，我离开了课堂。当时，我脑海里只有那句话："我办公室的门随时都向你敞开着。"

奥利尔先生的办公室在学校主体大厅的巨大门廊外。无论什么时候，只要有人犯了严重的错误，他就把他们推进办公

室，"砰"的一声关上门，然后就听到他在里面怒吼。那个不幸的人一定会受到严厉的处罚。无论何时，他办公室的门外总会有一排犯了各种错的男孩在那里等着受罚。

当我在队列中排好时，一个男孩问我犯了什么错。

我说："什么错也没犯。"

"你疯了吗？快离开这儿。"他们向我喊道。但我想不出我还能去哪儿。

最后，轮到我了，奥利尔先生办公室的门开了。我有些颤抖，感到自己很蠢，但我又疯狂地感到什么事或什么人已经把我推给了这个人——校园里最让人望而生畏的人的面前。我抬起头来，与奥利尔先生威严的目光碰到了一起。

"你来这儿干什么？"他吼叫着。

"在开学典礼上您说过，如果有人有困难，您的门是敞开着的。"我结结巴巴地说。

"进来吧。"他向我指了指一把绿色的大扶手椅，示意我坐下，然后他坐到桌子后面，注视着我。

我抬起头来，流着泪说："我的母亲嗜酒如命，她喝醉了就给我打电话，让我休学回家。我不知道该怎么办，我很害怕。"

我把头埋得低低的，禁不住痛哭起来。高大的奥利尔先生从桌子后面走过来，站在我的身旁，用他那宽大的手掌轻轻地抚摸着我的肩膀，温和地说："孩子，我理解你现在的感受。我曾经也是个嗜酒者，我愿意帮助你和你的母亲，我让嗜酒者互诚协会的朋友今天就同她取得联系。"

刹那间，我感觉自己仿佛遇上了上帝，第一次觉得真诚、希望和爱变得真实起来。这个校园里最令人恐惧的人竟成了我秘密的朋友。午餐时，每当他从我的桌旁经过，总是朝我快速地瞟一眼，并友好地眨几下眼睛。

这个在校园里因严厉而让人恐惧的人竟然如此关照我，我的心在骄傲地翱翔。每当我需要帮助的时候，我就去找他……他总会在那里。

真情传递

奥利尔先生的威严其实是"纸老虎"，看起来既凶又让人惧怕，但实际上却藏有关爱的柔情。对待懂事的学生，他不需要再用威严的假面具，因此表现出温和、慈爱的一面。其实，他就是天下所有严师的真实写照。♥

"为什么父母要干涉我的生活？"你也许有过这样的疑问。其实，父母这么做也有他们的道理……

迟来的信

文/喻寒菊

在初中那段纯真而又渴望友情的年代里，同学中最流行交笔友了，有的竟然痴迷到离家出走与笔友会面。我是一个内向而又不擅交际的女孩，社交生活一片空白，因此交笔友对我也有一种难以抵挡的诱惑力。

一天，做完作业后，我坐在父亲身边，随手翻起父亲看的晚报，上面的一则则"征友启事"吸引了我。对呀，我也可以试试！一阵兴奋之后，我写下一则征友启事并邮寄出去。随后几天，我天天翻阅晚报，终于有一期刊登了我的征友启事。

接下来的日子，我焦急地期待着笔友的来信。可是一周又一周过去了，我的期望一次次变成了失望。我一封信也没有收到，热情在等待中一点点消退。征友的事成了一个谜。

然而谜底却在五年后揭开了。那年，我考上了大学，在我收拾行囊准备离家的前夕，父亲抱着一包东西走过来，神色忧伤地对我说："女儿，这个还给你，这本来是你的东西。"

我接过来一看，竟是一大摞写着我名字的信。我诧异地瞪大眼睛望着父亲。

父亲低着头说道："那时你还小，我怕你交笔友分散精力，影响学习，也怕你交上不好的朋友，所以……现在你长大了，即将离家，我相信你已经懂得该怎样交友了，这个也该还给你了。"听着父亲的话，再看着这些曾经让自己牵肠挂肚的信，我禁不住热泪盈眶，一把抱住了父亲。这些信虽然已经没有读的意义，却让我读懂了父亲深沉的爱！

真情传递

故事中父亲对女儿的关怀总是这么不露痕迹，甚至有些不近人情。但是细想一下，如果不是父亲及时地阻止信件传到女儿手中，女儿的求学之路也许就不会走得这么顺畅。他这么做完全是出于对孩子的关爱。所以，请试着理解父母的良苦用心吧！♥

有时候，我们会对别人给予的小恩小惠感激不尽，却对亲人一辈子的恩情视而不见。这种错位的感激你经历过吗？

错位的感激

文/余妮娟

那天，我跟妈妈大吵了一架，一气之下，摔门跑了出去。

走了很长时间，我看到前面有个面摊，这才感觉到肚子饿了。可是，我摸遍了身上所有的口袋，连一个硬币都找不到。面摊的主人是一个看上去很和蔼的老婆婆，她看到我站在摊位前，就问："孩子，你是不是想吃点什么？"

"可是，可是我忘了带钱。"我有些不好意思地回答。

"没关系，我请你吃。"老婆婆端来一碗馄饨。

我满怀感激，刚吃了几口，眼泪就掉下来了，落在碗里。

"你怎么了？"老婆婆关切地问。

我忙擦掉眼泪，对老婆婆说："我只是很感动。我们不认识，你却对我这么好，煮馄饨给我吃。可

是我妈妈，我跟她吵架，她竟然把我赶出来，还叫我不要再回去！"

老婆婆听了，平静地说道："孩子，你怎么会这么想呢？你想想看，我只不过煮了一碗馄饨给你吃，你就这么感激我，那你妈妈煮了十多年的饭给你吃，你怎么不感激她呢？你怎么还要跟她吵架？"

听了老婆婆的一番话，我愣住了。

我匆匆吃完了馄饨，谢过老婆婆之后，连忙往家赶去。

刚刚走到家附近，我就看到了疲倦不堪的妈妈正在路口四处张望……

妈妈看到了我，脸上立即露出了喜色："赶快过来吧，饭早就做好了，你再不回来吃，菜都要凉了！"

这时，我的眼泪又开始掉了下来！

真情传递

人最容易错过的风景在路上，最容易忽略的真情在身边。身边有亲人给予我们无处不在的关心和照顾，这份情恬淡而久远，不像一次偶然的感动那么强烈。正因为如此，我们才会产生错位的感激，忽略了这世间最可贵的真情。♥

带着爱心做事

文/佚名

　　这天是"感谢星期四"，是我们自己定的服务社会的日子。每周的这一天，我和我的两个孩子都会上街去积极奉献。这天，我们还不明确要做什么，就开车沿着公路向前行驶。

　　已是午饭时间，我的两个孩子饿得冲我大喊："麦当劳！麦当劳！"我开始寻找附近的麦当劳。突然，我注意到每一个十字路口几乎都有乞丐在那里向路人行乞。这时，我确定了善行方案，就是为这些乞丐买午餐。

　　找到一家麦当劳后，我为孩子们点了两份"快乐午餐"，之后又另点了十五份午餐，然后一一递送给乞丐。在我们的行动快结束时，有一个身材瘦小的女人站在那儿行

乞。当我们把最后一份午餐袋递给她时，她带着诧异的表情说："以前从来没有人为我做这样的事。"

我回答："唔，我很高兴我们是第一个。"接着，我又问："那么你想什么时候吃午餐呢？"她望着我说："噢，我不打算吃这顿午餐。"我很迷惑，但还没等我问，她就继续说了下去："我有一个小女儿，她在家里，她非常想吃麦当劳，但我永远也不会买这个给她，因为我没有钱。但今天晚上，她就能吃到麦当劳了！"

我流泪了。以前，我常常问自己："我们的善行是否太小了或者太微不足道了，产生不了什么真正的、有影响的改变？"但在那一刻，我想起了一句话："我们做不了伟大的事情，只有带着伟大的爱心做一些小事情。"

孩子们长大后，带着他们的孩子继续这每周一次的传统。我想这件事不仅有意义，而且还会产生深远的影响。

真情传递

传递善心比亲自做一件好事更重要，要知道个人的力量对偌大的社会来说，只是杯水车薪。众人拾柴，火焰才高嘛！如果大家都能像故事中的这家人一样，经常带着爱心做一些小事情，相信世界会充满温馨！♥

对于富人来说，二十元不算什么，但对一个囊中羞涩的父亲来说，少了二十元就等于毁掉了孩子们的快乐和期望，他忍心吗？

带着温馨的二十元钱

文／〔美〕丹·克拉克　译／江汀

少年哈桑一直期望着能看一场马戏。一天，父亲终于答应带着他去排队买票。售票处的队排得很长，排了老半天，终于在他们和售票口之间只隔着一个家庭了。

这个家庭给人的印象很深刻，有八个十二岁以下的小孩，他们穿着廉价的衣服，但衣服都干干净净的。排队时，他们两个两个成一排，手牵手跟在父母的身后，"叽叽喳喳"地谈论着小丑、大象，想必今晚是他们生活中最快乐的时刻。

轮到他们了，售票员问这个父亲："你要多少张票？"

他神气地回答："请给我八张小孩、两张大人的票，我带

全家看马戏。"

售票员报出了价格。我发现这位父亲的嘴唇颤抖了，他倾身向前问道："你刚刚说是多少钱？"售票员又报了一次价格。这人的钱显然不够，但他怎能转身告诉八个兴致勃勃的孩子，他没有足够的钱带他们看马戏？

哈桑的父亲目睹了这一切。他悄悄地把手伸进口袋，把一张二十元的钞票拉出来，让它掉在地上。然后，他又蹲下捡起钞票，拍拍那人的肩膀，说："先生，这是你口袋里掉出来的！"

这人直视着哈桑父亲的眼睛，用双手握住哈桑父亲的手，嘴唇颤抖着，泪水滑落脸颊，说道："谢谢，谢谢您，先生，这对我和我的家庭意义重大。"

那晚，哈桑没有去看马戏，而是随父亲回了家。他们此行也不是徒劳的，相反却收获了一份善心回报的快乐。

真情传递

带着温馨的二十元钱留住了一家人的快乐，这得感谢好心的哈桑父子。其实，生活中像哈桑父子这样的好心人很多，他们总会将默默无闻的、发自仁慈与爱的善行留给身边需要帮助的人。我们需要这样的人，也要做这样的人。♥

当一回陌生妈妈

文/佚名

十年前的一天，我正在家里睡觉，突然间电话铃响了。我接过来一听，里面却传出一个粗暴的声音："你女儿偷书被我们抓住了，你快来啊！"我看了一眼身旁的女儿，立即就明白了是个误会，肯定是一位小女孩因为偷书被抓住了，而又不肯让家里人知道，所以胡编了一个电话号码，碰巧打到了我家。我本可以放下电话不理，但转念一想，一个因一念之差而犯错的小女孩此刻该多么无助，于是我问清地址后就赶了过去。

书店里，几个大人斥责着一个满脸泪痕的小女孩。我冲

上去将那个可怜的小女孩搂在怀里。在售货员不情愿的嘀咕声中，我交了罚款，将小女孩领回了家。我什么都没有问，给小女孩洗了脸，就让她回家了。小女孩临走时，我还叮嘱她："你要看书，就到阿姨家来，这里有

好多书呢。"小女孩感激地看了我一眼，便飞一般地跑了。

时光匆匆，不知不觉十年过去了。一天中午，门外响起一阵敲门声，我打开房门后看到一位年轻的陌生女孩。我疑惑地问："你找谁？"女孩激动地说出一大堆话。终于，我明白了，她就是当年偷书的那个小女孩，现在她已大学毕业，特意来看望我。

女孩眼里泛着泪光，轻声说道："虽然我至今都不明白，您为什么愿意冒充我妈妈来解救我，但这十年来，我一直都想喊您一声'妈妈'！"我的眼睛开始模糊，我问："如果那天我不帮你，结果会怎样？"女孩轻轻摇着头说："我说不清楚，也许会去做傻事，甚至去死。"

我的心猛然一颤，开始暗暗庆幸，自己当年在一念之间所做出的决定，竟然可以影响到一个人的一生。

真情传递

给一个素不相识的小女孩当一回妈妈，把她从困境中解救出来，这位女主人公的做法太明智了，因为她不仅保护了一颗幼小的心灵，还让这颗心感受到了温暖的真情。我们需要这种萍水相逢的关爱，也要营造这种关爱。♥

突如其来的灾难让一个家庭不堪重负，布满阴霾，是一位父亲用深沉的爱为儿子撑起了一片晴空。

儿子的向往

文/胡子宏

妻子患病后，我陪伴着她住进北京肿瘤医院，一晃就是七个月。家里的存款即将花完，而妻子实施造血干细胞移植手术还将花费十多万元。

夜深人静时，我蜗居于医院附近的地下旅馆，除了写稿子挣钱，就是撕心裂肺地思念儿子，各种压力如磐石在身，使我无法安睡。

七月中旬，六岁的儿子放了暑假后，岳母带着他来了北京。次日上午，岳母在病房照顾妻子，我领着儿子去了附近的紫竹院公园。

儿子叫嚷着要划船。这时，我发现租船的费用要两百元，而我没有带够钱。

我说："儿子，别划了，爸爸钱不够。"

儿子尖声叫道："胡说，刚才你买票，我见你口袋里有一百多元呢。"

好说歹说，儿子

才噙着泪水到别处游玩。

后来，我们发现公园的荷花渡船票只要五元。于是我给儿子买了票，把他抱上船。我在岸边等着，看船在荷花丛中进进出出。不久，儿子兴高采烈地下了船。

中午的阳光很炙热。儿子说："爸爸，我饿了，咱们去吃肯德基吧。"

我说："还是回医院食堂吃饭吧，妈妈等着我们呢。"

儿子嘟囔着："就不，去年我考了第一名，你就答应带我来北京吃肯德基的啊。"

在北京八里庄的肯德基店，我牵着儿子的小手，挑来选去，花了十五元买了最便宜的一份套餐。

我们入座餐台后，儿子不管不顾地抓起炸鸡腿就狼吞虎咽起来。很快，小家伙吃完了炸薯条和炸鸡腿，喝光了饮料。

我问："吃饱了没有？"

儿子摇了摇头。

附近有家小店卖炸鸡翅，我花了七元为儿子买了四个炸鸡翅，又花了一元钱为自己买了个烧饼。

我们坐在旁边的台阶上，儿子吃炸鸡翅，我吃烧饼。我们几乎同时吃光了手中的食物。这回我问儿子："吃饱了没有？"儿子终于点点头。

我们回到地下旅馆后，儿子有些困了。我说："快睡觉吧，睡醒后我们一起去医院陪妈妈。"

儿子点点头。不久，他又怯怯地说："爸爸，明天我想吃麦当劳。"

我怔了一下，说："好吧。"

儿子闭上了眼睛。过了一会儿，他忽然睁开眼睛，问："爸爸，你真的没有钱了吗？"

我郑重地说："是，因为妈妈治病需要花很多钱。"

儿子慢慢地凑近我的耳朵，说："爸爸，你快写文章吧，挣了稿费，咱们再去吃麦当劳。"

我又怔了一下，说："行，爸爸马上就写。"

不一会儿，儿子进入了梦

乡。我打开那台二手笔记本电脑，敲打着前一天夜里未写完的文字。

年幼的儿子不知道，在他叫嚷着划船时，在他大口吃着炸鸡翅时，我的眼眶一次次湿润。可爱而又可怜的儿子啊，在家境的骤然贫困中懵懂未知，依然向往着美好的生活。

次日，我带着儿子吃了麦当劳。

在炎热的夏天，在闷热潮湿的地下室里，我一直坚持着写作。

即使在今天，当我敲击着电脑键盘，写下一篇篇文章时，我都一次次地告诉自己：此刻，我们父子在相依为命，我一定要多写几篇文章，多挣些钱，好满足儿子的愿望；在遥远的天堂里，妻子那双充满深情的眼睛在凝视着我们；我一定要做一个合格的、慈祥的父亲，因为儿子有纯真的向往，那颗天使般的心灵在期待着我。

真情传递

故事中的父亲面对家庭的变故，为了满足年幼的儿子的小小要求，默默地承受着生活的重担，尤其是父子吃饭的一幕感人至深。即使再大的困难，在父爱面前也会让路，因为父爱是那样的坚实可靠，是孩子永远的栖身港湾。♥

各活五十年

文/谢露静

男孩十岁，与他的妹妹相依为命。父母早逝，妹妹是男孩唯一的亲人，所以男孩爱妹妹胜过爱自己。然而灾难再一次降临在这两个不幸的孩子身上。妹妹染上重病，需要输血。但医院的血液太昂贵，男孩没有钱支付。尽管医院已免去了手术费，但不输血，妹妹仍会死去。

作为妹妹唯一的亲人，男孩的血型和妹妹相符。医生问男孩是否有勇气承受抽血时的疼痛。男孩开始有些犹豫，经过一番思考后，他终于同意了。

抽血时，男孩安静地不发出一丝声响，只是朝着病床上的妹妹微笑。抽血完毕后，男孩用颤抖着的声音问："医生，我还能活多长时间？"

医生正想笑男孩的无知，但转念间又震撼了：男孩认为输血会失去生命，但他仍然肯输血给妹妹。那一瞬间，男孩所做出的决定是付出了一生的勇敢，并下定了死亡的决心。

医生的手心渗出了汗，她紧握着男孩的手说："放心吧，你不会死的，输血不会丢掉性命。"

男孩眼中放出了光彩："真的？那我还能活多少年？"

医生微笑着，充满爱心地说："你能活到一百岁，你很健康！"

男孩高兴得又蹦又跳。他确认自己真的没事后，就又挽起刚才被抽血的胳膊，昂起头，郑重其事地对医生说："那就把我的血抽一半给妹妹吧，我们两个每人活五十年！"

所有在场的人都感动得流泪了，这不是孩子无心的承诺，这是人类最无私、最纯真的诺言。

真情传递

看完这个故事，你有没有被男孩的一言一行打动呢？男孩的勇敢以及他对妹妹的真情，让我们又一次感受到了亲情的无私和伟大。因此，我们也要善待自己的家人和朋友，珍惜这一份无比珍贵的感情。♥

和妈妈约会

文/古保祥

父亲去世后，母亲一度郁郁寡欢，对生活失去了信心，每天看着墙上父亲的照片发呆。

小镇的广场上十分热闹，每天晚上都有老年朋友在那里跳舞，音乐声此起彼伏。我和妻子也每天晚上光顾那里。

我曾经对母亲说："妈妈，晚上别闷在家里，应该出去舒展一下筋骨。"母亲却总是摇摇头。她不喜欢音乐，一辈子只是喜欢过简单明了的生活。

有一次，我突然告诉妻子一个大胆的想法，她也点头表示同意。我们开车到另外一个小镇上，寄了一封信给母亲。三天后，母亲收到了信，写信的人说是母亲的老同学，邀请她每天晚上去广场上跳舞，还说会送给她一个惊喜。我发现母亲憔悴的脸上重新有了笑容，她将信藏了起来，开始打扮自己。

到了晚上，我和妻子早早地走了。母亲看到我们走远了，就悄悄地出了门，很快去了广场。

母亲当晚没有跳舞，她一直在找那个人。我发现母亲慢慢适应了这种慢节奏的音乐背景。她见人没有找到，并没有离开，而是与旁边的几个老太太闲聊起来。

第二天晚上，母亲又去了广场。为了不让母亲失望，我和妻子故意出现在她身边，吓了她一跳。我问她："妈妈，您约了人了吗？"母亲摇头。我说："既然来了，跳支舞吧。"

母亲含蓄地接受了我的邀请。我成了培训老师，教母亲跳舞的方法和走步的形式。母亲好几次踩了我的脚，我说："没事，继续，我们要学会挑战困难。"

我成了母亲的舞伴，母亲好像也忘了那个约她的人。母亲老了，记性也不好了，但这是好事。

半年后，我成功地邀请到一位老人与母亲跳舞。后来，那位老人每天都给母亲打电话。

又过了半年，那位老人成了母亲永远的舞伴，母亲的脸上又绽放出了幸福的花朵。当然，我们也向母亲隐瞒了那封信的秘密。

其实，故事中的信是一位儿子为了让母亲摆脱痛苦、重新开始新生活而写的。虽然他欺骗了母亲，但他让母亲走出了生活的阴影，找到了幸福。孝顺父母有很多种方式，只要能让父母过得好，做儿女的为何不尝试一下呢？♥

老师帮助一个七岁的孩子正视了她父亲的死亡，在她心中洒下一片阳光。从此，孩子的脸上有了笑容……

看！星星笑了

文/佚名

"九·二一"地震后不久，你常常在我面前晃来晃去，红着眼眶似乎想说些什么。我拍拍你的肩膀问："你是不是有什么事要告诉老师？"你摇摇头跑开了。

前几天，又见到你欲言又止的神色，我借故要你帮我把作业本搬到三楼的办公室。在楼梯前，你哽咽着说："自从地震后，爸爸已经好几天没有回家吃晚餐了……"面对你略带忧伤的眼眶，我的眼眶也红了。

有一天，你阿姨到学校来找我，告诉我你爸爸可能在"九·二一"地震中身亡了，我才恍然大悟。

据你阿姨的叙述，地震当天，你爸爸开车途经水库时适逢地震，从此音讯全无。

昨天，你哭着抱着我说："老师，爸爸已经死了，妈妈把爸爸接

回来了。"哎！一个七岁的孩子要如何去面对父亲的死亡呢？我的眼眶又红了，鼻子酸酸的。

为了减轻你对死亡的恐惧，我对你说："爸爸已经化作天上最明亮的一颗星星，每天晚上闪烁着光芒对你微笑。今后你若有什么心事，都可以对着天上的爸爸诉说。"你点点头。

今天，你面有愧色地说："老师，昨晚我睡得太早了，忘了和天上的爸爸说话了。"我拍拍你的肩膀，安慰你："没关系！爸爸不会走，爸爸会永远在天上看着你。今晚有空你再找他聊聊天，好不好？"你听了，开心地笑了。

孩子呀，死亡对你来说太沉重了。虽然沉重，但还得面对，不过老师会陪你一直走下去。每当夜晚，你仰头望着天上一望无垠的星空时，那里一定有一颗最闪亮的星星，会永不缺席地听你诉说你所有的成长故事。

真情传递

这篇发自老师内心深处的真情对白催人泪下。如果没有老师的安慰和引导，小女孩真不知该怎样面对亲人的死亡。现在，小女孩再也不会陷入失去爸爸的悲伤中，因为她相信天上的爸爸正眨着眼看着她呢！♥

这是给新生上的第一堂课，老师因不了解情况，制造了一个误会，让一名学生难堪了……

老师，我站着呢

文／〔日本〕菊池哲哉

这是一所地势较高的中学，上课时从教室就能看到大海。这学期，约有八十名新生入学，其中大多数是那些与大海搏击的渔民们的孩子。

那天，我给新生上第一次课。"起立。"大家都站起来了。因为是新生，所以他们都很认真，教室里出现瞬间的寂静。但是，有一名学生没有起立。"站起来，刚入学就这种态度可不行！"我的语气顿时严厉起来。这时，传来一个声音："老师，我站着呢。"是的，他，山田君，是站着的，但是由于个子太矮，在我看来像是坐着。

糟糕！我误会了山田君。我感到内心不安，一时不知说些什么。于是，我说了声"对不起"，周围的学生都笑了起来。

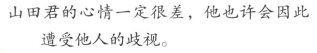

山田君的心情一定很差，他也许会因此遭受他人的歧视。

下课后，我想向山田君道歉，但忙乱之中竟忘了此事。晚上，我犹豫着是否给山田君打电话，但考虑这样道歉太不礼貌，只好算了。

第二天，天空晴朗无云，大海碧波荡漾，我给山田君的班上第二次课。"起立。"又是瞬间的寂静。这时，忽然传来一个洪亮的声音："老师，我站着呢。"是山田君，他站在椅子上，微笑着。从山田君的微笑中，我看出他这样做并不是抵抗情绪的表露。我感到了"老师，我不在意，不要为我担心"这样一种体谅，我的心感到一阵疼痛。

晚上，我怀着复杂的心情给山田君拨了电话。"老师，真的别在意。"对面传来山田君爽朗而又充满稚气的声音。我祈盼明天的天空还是晴朗无云，大海还是碧波荡漾。

真情传递

被老师误解，遭同学嘲笑，这样的经历无论谁遇上了，都会感到难堪和尴尬。可是山田君从容应对，用理解驱散老师心中的歉意。他这种坦荡的胸怀就好像晴空下的大海，美丽而广阔。人与人之间正需要这种体谅和关怀！♥

妈妈的礼物

文/李小青

有个孩子，在他出生的那天，妈妈就离开了人世。

从此，每当看到别人从妈妈那儿得到礼物，他就非常伤心，发出感叹："啊，我真命苦。我的妈妈竟然来不及给我一件礼物！"

有一天，这个孩子想起这件事，禁不住又伤心地哭了起来。他独自在街头徘徊，泪水模糊了双眼，不小心撞在了一位老人身上。老人并不生气，反而关心地问他："孩子，你哭什

么？"孩子向老人倾诉了自己的哀伤。

老人听后，严肃地说："孩子，你错了！其实，你妈妈为你留下了最珍贵的礼物，你应该珍惜才对！"

"那……我怎么会不知道呢？"孩子诧异地问。

老人抚摸着孩子的头，语重心长地说："首先，妈妈从你出生的那天起，就把整个世界都作为礼物送给了你。这难道还不够吗？"

孩子听着，眼睛忽然一亮。

老人接着说："不仅如此，妈妈还给了你明亮的眼睛，让你去观察世界；给了你灵敏的耳朵，让你去倾听世界；给了你一双腿，让你去走遍世界；给了你一双手，让你去改造世界。这些难道还不够吗？"

孩子听着听着，陷入了沉思。

老人又说："孩子，最重要的是，妈妈还给了你一颗充满热血的心，那是为了让你珍惜生活，去热爱这个世界！"

真情传递

妈妈给予孩子最珍贵的礼物就是生命，它比一切实实在在的礼物都重要，并且会陪伴我们一生。因此，我们要善待自己，开朗乐观地生活，去创造美好的生活，这是妈妈在奉送这份礼物时许下的最美好的心愿。♥

习惯了平淡的爱，怎么承受得起突如其来的恩宠呢？与大多数人一样，女孩最初无法理解父母的举动……

妈妈，发生了什么事

文/佚名

女儿的成绩一直很好，生活上也很自立，我和她爸爸从不多操心。每天早上她都自己起床，然后出门吃早点，晚上也是自己回来，从小学起就是这样，我们和她都习惯了。

这天在办公室聊天时，同样是高三考生妈妈的同事说，她每天早上五点半起床，给孩子做好早饭，六点叫孩子起床，看着他吃完早饭，再送他到学校，晚上再送饭，菜是一个礼拜不重复的。接着，她问我是怎么准备的。我心里一阵嘀咕，只好说："差不多。"

回去后，我和爱人商量，是不是也要照顾一下女儿，毕竟她要高考了。爱人很支持，他说："和别的父母比，我们太不负责了。好，你明天早上给她准备早餐，晚上我去接她！"

第二天一早，我五点就起来了，给女儿煮好八宝粥，煎了荷包蛋，还削了一个苹果，然后把这些东西整齐地摆在餐桌上。我还没来得及叫女儿起床，她就睡眼蒙眬地出了卧室。看到我和我准备的早餐，女儿大吃一惊。我没等她说话就说："快点，快点，不要迟到了。"她没说什么，就去洗漱了。

晚上，爱人把女儿接回来，神情严肃地对我说："女儿今天不太对劲，一路上一句话都不说，是不是有什么心事？"哎呀，快高考了，可不能出什么事呀！我决定和她谈谈。

"怎么啦，好像不高兴？"我来到她的房间，笑眯眯地问。女儿转过头来，谁知竟泪流满面："妈，我们家出什么事了吗？"看着女儿，我还真有点不知所措："你到底怎么了？家里什么事也没有呀！"女儿十分诧异，擦了擦眼泪说："那你干吗早上突然给我做早餐？还让爸爸接我？"

啊，原来是这样。我把事情的原委说了一遍。她破涕为笑，说："你们该干什么就干什么去，我会自己照顾好自己的。"

女儿习惯了生活自理，反而无法适应父母突如其来的细心照顾。在女儿心目中，父母的爱就该是原来那个样子，如果变化了，就意味着发生了什么事。由此可见，爱不必拘泥于形式，不必刻意营造，随意自然最好！♥

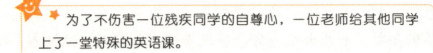为了不伤害一位残疾同学的自尊心，一位老师给其他同学上了一堂特殊的英语课。

没读"Lame"的一课

文/胡子宏

自从两岁那年一场重病夺去了我健康的左腿后，小儿麻痹症就开始成为我生活的绊脚石。等终于能够靠拐杖支撑起自己的身体走路时，我又发现身体的不适倒在其次，倒是我一斜一歪的姿势常常引起同学们对我有意无意的歧视。

我一天天地成长起来，我的皮肤白皙，我的双眸清澈明亮，我的笑容妩媚动人。这些都是同学们说的。可对于一个女孩子来说，有什么比缺乏健全的双腿更让人痛苦的呢？我不敢穿裙子，不敢大步地走路，甚至在雨天路滑时，我还要重拾早在上小学时就扔掉的拐杖。我怎么能比得上那些四肢健全的同学们呢？

好在我是一个勤奋的女孩，我的成绩在班里乃至全年级都是第一名。但这并不能消除我的自卑和别人对我的歧视。我心灵深处常常沮丧到极点，直到初三时，一节英语课改变了我几乎一生的心情——

那节课其实是很普通的一课。当时我担任班里的学习委员，每篇课文我都要预习。凭自己的勤奋，我早已将老师即将讲解的新课熟读许多遍了。可是那篇课文是讲一匹骆驼——偏偏是一匹瘸骆驼，那个"Lame"(瘸子)的单词使我的心狂跳不已。我感到自己高挑的身躯偏偏摊上一条瘸了的左腿，就像瘸骆驼。我不敢想象王老师带领全班同学读那个英语单词时的情景，一定会有许多同学把目光投向我这个"瘸骆驼"。我的心颤抖着，眼里淌出了痛苦的泪水……

令我胆战心惊的英语课终于来临了。预备铃刚刚响过，王老师就来到教室，镇定地站在讲台上。未等班长喊"起立"，王老师就说："同学们，今天要讲新课。糟了，我忘记带备课本了，还有五分钟，来得及。学习委员和课代表，麻烦你们到我宿舍去把我的备课本拿来好吗？"

我和课代表王颖出了教室，去了王老师的宿舍。她的宿舍很乱，我们找了好一会儿，才在一堆书本中找到了她的备课本。

在回教室的路上，我的心怦怦地跳起来。"Lame"(瘸子)，等会儿王老师肯定要读这个单词了，那么多的同学肯定会嘲笑我。王颖拿着课本，一言不发，我们又回到了教室。

王老师说了句"谢谢"，我们各自回到座位上。我的脸火

辣辣的，心狂跳不已。我记不起王老师讲了些什么，我的心在念叨着："Lame，我是瘸子。"

王老师和同学们一遍遍地读单词，除此以外，教室里没有其他声音，没有我事先预想的哄笑声。我慢慢地抬起头，打量着周围的同学。大家都在专心致志地跟王老师读单词，其他什么都没发生。慢慢地，我也张开口跟王老师朗读单词了。奇怪的是，王老师没有读"Lame"，每一次她都跳过这个单词……

终于，难熬的一课结束了。王老师布置了作业，像平常一样，叮嘱我和课代表及时把同学们的作业送到她的办公室。

第二天晨读课时，我的心忐忑不安，因为晨读课上同学们都要读英语，还会有人读"Lame"。可是，那天的晨读课上，教室里静悄悄的，没有人读英语单词和课文，没有人读"Lame"……

再上英语课的时候，我常常偷偷凝视王老师，她那么漂亮，还那么善良，尤其是她没有读"Lame"。从此，我的英语成绩牢牢地在年级中排第一名，我又开始穿裙子、跳橡皮筋了。不仅如此，我每科的成绩都更加出色，甚至在一节体育课上，我掷铅球的成绩排到了女生的第七位……

五年后，我考

上了北京那所众所周知的大学。

又过了五年，在一次同学聚会上，我和丈夫遇到了也是夫妻成双的王颖。这时，我已是一所专科学校的英语教师，丈夫高大英俊，是一家化工厂的工程师。谈笑间，我们回忆起少年往事，不由得谈到了王老师，我又想到了那个单词"Lame"。王颖说："你知道吗，那节课是王老师事先安排好的，她对我讲过，你的肢体残疾了，但关键是你的心灵也受到了打击，那个单词肯定会影响你的情绪。在我们去宿舍取备课本的十分钟里，王老师领着同学们学了'Lame'，而且共同约定领读单词时不再读'Lame'，第二天晨读时也不要读英语课文……"

啊，原来如此，我的泪水哗哗地淌出来。"Lame——Lame——"，那节课的情景在我头脑中过了个遍。命运曾一度扼杀了我的活泼，我的健康，尤其是它也一度扼杀了我的奋斗精神，折断了我理想的翅膀。是王老师，是那节课，那节使我终生难忘的英语课，使我在征服命运时没有跌倒，使我寻回了自信心，远离了歧视和自卑的阴影。

那节课，嵌在生命深处，王老师教给我的不仅仅是知识，也赐给了我战胜不幸命运的人格力量。

真情传递

王老师上了一堂特别的英语课，她不仅教会了学生单词，也教会了他们如何尊重别人。在生活中，当我们面对不幸的人时，有时施舍或同情反而是一种伤害，学会巧妙地维护他们的自尊，帮他们重燃起对生活的希望才是最重要的。♥

一个因嫉妒而起的矛盾，伴随着感动一点点消融，从此女孩们开始接纳那位美丽的天使……

每个女孩都是天使

文/庞婕蕾

安琪是我们初二（3）班最受男生欢迎却不受女生欢迎的女孩。她长得不错，再加上穿着入时，站在人群里很突出，像一只高傲的天鹅，而我们女生就好像陪衬的丑小鸭。

我们班的男生数学学得特别好，参加全国数学竞赛都能拿好几个奖回来；女生呢，通常只有安琪能在初赛中胜出，参加最后的决赛。所以男生对安琪很尊重，说她既有美貌，又有智慧，是个天使。

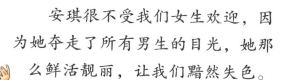

真情故事

安琪很不受我们女生欢迎，因为她夺走了所有男生的目光，她那么鲜活靓丽，让我们黯然失色。

到了初三，安琪更加优秀了，拿了物理竞赛奖又拿作文竞赛奖，简直就是一个全能的才女。

初三下学期，重点中学给了一个保送名额。校领导经过商议，想把这个保送名额给安琪，但是一定要通过民主选举才能最后定下来。领导先是找安琪谈话，接下来又来到我们班，想听取大家的意见。当然安琪是回避的。

一开始大家都不肯发言，在领导的再三鼓励下，大家才说安琪成绩很好，各方面都好。"那么她的人缘怎么样呢？"领导又问。大家又谁都不说话了。"安琪只和男生要好，平时根本不理我们女生。"赵梅尖细的声音打破了沉默。领导问我们："是这样吗？"我们都点了点头。随后，领导离开了教室。

后来那个保送名额给了王云。消息公布后，大家议论纷纷。听到消息的安琪，在走进教室的一刹那晕倒了。

过了几天，班主任告诉我们，安琪的身体出了点问题，要在医院待一段时间。那个明媚的下午，我们全班浩浩荡荡地去医院看望安琪。安琪的妈妈热情地接待了我们。

安琪的情况比我们想象的要糟糕。她的妈妈说，她生下来就有心脏病，半边心脏近乎瘫痪。她奶奶嫌弃她，要把她送到福利院去，让她妈妈再生一个健康的孩子。可是她的妈妈不答应，于是她的爸爸和她妈妈离了婚。她妈妈就一个人靠做服装生意把安琪带大。医生说，安琪随时都可能离开人世。

对安琪来说，每一天都是她生命的倒计时，所以她格外珍惜。她去学唱歌，学绘画，想抓紧时间好好地体验生命。

安琪有很多漂亮的衣服，那是因为她的人生实在太短暂，所以她妈妈想尽量让她每一天都能光彩照人，充分享受女孩的权利。唉，没想到这居然成为我们排斥她的理由。

安琪的妈妈哽咽着诉说着安琪的事，整个病房寂静得可怕。面色苍白的安琪躺在病床上，穿着简单的病号服，微笑着看着我们。这次我们才发现，原来她穿什么都很动人。

男生们纷纷送上礼物。我们女生都躲在后面，不敢看她明亮的眼睛。"你们过来吧，怎么啦，我有那么可怕吗？"安琪

招招手，示意我们走到她的床边。

安琪的妈妈和其他人都走了出去，只剩下我们女生和安琪面对面说话。那个下午，安琪说了很多很多，说她的童年，说她的求学历程，说她对未来的期待，女生之间那么坦诚的交谈还是第一次。我们终于承认，安琪确实是个天使，不仅是男生的天使，也是女生的天使。

赵梅哭得很大声，眼泪像决堤的河水。安琪用手帕给她擦干泪水，说："你没有做错什么，真的，不要放在心上。"

"其实每个女孩都是天使。"这是安琪说的话，让我们牢记一辈子。

安琪出院以后，每天坚持来上课。那个炎热的夏天，我们初三（3）班有十一个同学拿到了重点中学的通知书，安琪的考分是全校最高的，她又一次绽放出美丽的笑容。

谁能想到，也就在那个炎热的夏天，安琪离开了我们。

真情传递

女生们不懂得欣赏安琪的美丽和聪慧，是因为她们不了解生命的价值和意义！其实，每个女孩只要懂得用宽容和爱心对待一切，懂得释放自己的激情和活力，都可以像安琪一般青春靓丽，成为天使的化身。♥

面对一个素昧平生的身患白血病的小女孩，他在节目中真情流露，抑制不住自己的眼泪……

美丽的哭泣

文/崔修建

那天，他陪朋友去医院看一位病人，目睹了一幕人间悲情场景——一个十二岁的漂亮女孩患了白血病，她的父母一时找不到可供移植的骨髓，只能暗自啜泣，无奈地看着死神一步步地逼近心爱的女儿，一个温馨的家庭被巨大的悲伤笼罩着。

那小女孩却微笑着劝慰父母不要为她悲伤，说他们可以为她再生一个小妹妹或小弟弟。

小女孩的话说得很轻松，但她明亮的眸子里分明闪耀着对生的渴望与眷恋。那一刻，他的心似乎被什么东西揪住了。他找到医生，伸出胳膊，说他愿意为小女孩献出自己的骨髓。然而，经过化验，他的骨髓不合乎移植的要求。

难道就这样眼睁睁地看着一个如花的生命猝然而逝？他急急地赶往市电视台。

于是，在那个飘雪的夜晚，在那个中等城

市里，许多人看到了这样的画面：一个二十多岁的男子为一个素昧平生的女孩毫不掩饰地哭诉，巨大的悲伤让他泪流满面，以至于在那个不长的节目里，他无法遏止的哭泣竟占了近一半的时间……

他真诚的哭泣温暖了那个城市寒冷的冬天。第二天，医院的门口便排满了自愿为小女孩捐献骨髓的队伍，并且影响还在不断地扩大。

数周后，小女孩终于找到了可以移植的骨髓，她又可以欢快地跳跃在阳光下。一个濒临绝望的家庭重新拥有了幸福的笑声。

不久，小女孩的一篇题为《美丽的哭泣》的文章在国际大赛中获奖。多年以后，当我几经周折见到已为人父的他时，他面带羞涩地说道："当时，我真怕那个小女孩挺不住了，急得眼泪怎么也止不住了……"

他平淡的话语，让我眼前不禁又浮现出他痛哭流涕的那一幕，一股暖暖的感动让所有华丽的词汇都失去了分量。

真情传递

有一种哭泣与软弱无关，它代表着对不幸者的同情，代表着无私的大爱。故事中的"他"与患白血病的小女孩素不相识，但他为女孩的生命安危担忧，为她奔走求助，这一切都源于他有一颗充满仁爱的心。♥

美丽的歧视

文/胡子宏

高考落榜，对于一个正值花季的年轻人来说，无疑是一个大打击。八年前，我的同学大伟就处于这种境地，而我则考上了京城的一所大学。

当我上大学三年级时，有一天，大伟忽然在校园里找到了我。原来，他也是北京某名牌大学的一员了。我高兴地祝贺他。

"是该祝贺。你知道吗？两年前我一直认为自己完了，没什么出息了，可父母对我抱有很大的希望，我被迫去复读。在复读班，我的成绩是倒数第五……"

"可你现在……"我迷惑了。

"你接着听我说。有一次，那个教英语的张老师让我在课堂上背单词。那会儿我正在读一本武侠小说。张老师很生气，大声地说：'大伟，你真没出息，不仅糟蹋爹娘的钱，还耗费自己的青春。如果你能考上大学，全世界就没有文盲了。'

我当时气得脑子都要炸开了，一步跨到讲台上，指着老师说：'你不要瞧不起人，我肯定会考上大学的。'说着，我把那本武侠小说撕得粉碎。第一次高考，我的分数差了一百多分；第二年差十七分；今年高考，我竟超出分数线八十多分……我真想找到张老师，告诉他：'我不是孬种……'"

三年后，我回到我高中的母校，班主任告诉我，教英语的张老师得了骨癌。我去看张老师，他很高兴。其间，我忍不住提起了大伟的事。他听后，突然老泪横流，说："对有的学生，一般的鼓励是没有用的，关键是要用锋利的刀子去给他们做心灵的手术。很多时候，别人的歧视能激发出他们心底最坚强的力量。"

两个月后，张老师离开了人世。又过了四年，我出差到北京，意外地在街上遇到了大伟。我给大伟讲起了张老师的那番话……在熙熙攘攘的人群中，大伟突然泪流满面。

真情传递

学生所遭遇的那饱含爱意却又非常残酷的歧视，其实深藏着一种催人奋进的力量。如果没有老师这种特殊的激励，那大伟的前途也许就毁在自己手里了。当老师批评和责备我们时，请试着理解老师的良苦用心吧！♥

为了成全儿孙看电视的爱好，母亲把自己的爱好埋在心底，直到有一天电视没有信号……

母亲的《朝阳沟》

文/古保祥

母亲年轻时一直喜欢看电视剧，琼瑶剧火的时候，她天天看得落泪。父亲很高兴，因为一向泼辣的母亲变得温柔多了。

不知从何时起，母亲爱上了戏曲，可能是上了岁数的原因吧。镇上有戏剧公演，她每场必到。一段时间里，她还与一帮老人一块儿切磋技艺。

但在家里，母亲绝口不提"戏曲"两个字，主要是我和妻子爱看电视剧、儿子爱看动画片的原因。一台电视机被折腾得死去活来的，但每次儿子都占尽上风。家里成了动画片的天下，几乎在一夜之间，我们都被拉回到天真烂漫的童年时光。

那天电视没信号，吃过晚饭后，我和妻子坐在一块儿闲聊，母亲哄儿子玩。儿子吵着非要看新的动画片，因为给他买的光碟早已经被他扔得七零八落了。母亲则变戏法似的从箱子里拿出一张光碟来，问儿子喜不

喜欢看戏。儿子别无选择，便答应了。

屋子里响起了豫剧《朝阳沟》的唱腔，这声音十分熟悉。河南人偏爱豫剧，我的思绪也瞬间被拉回到了童年。

不一会儿，儿子在母亲的怀里睡着了，母亲则乐此不疲。为了不打扰我们睡觉，她将声音开到最低点，但有时候还是会兴奋地哼唱几句，不过瞬间便像孩子犯了错似的捂住了嘴巴。

半夜时分，我看到客厅里还有灯光，便起身探望，发现母亲早已经睡着了，电视里的《朝阳沟》也接近了尾声。我刚刚坐在母亲的旁边，她便醒了，说："关了吧，影响你们睡觉了。"

我说："看完吧，马上就结束了。"我陪着母亲看，耳熟能详的唱腔令人心动不已，我忽然觉得自己也爱上了戏曲。

从电视剧到戏曲的转变不仅仅是年龄上的转变，更是阅历的增加。母亲年轻时偏爱电视剧，也许就在某个瞬间，在家中唯一的电视机前，她选择了跟随家人的爱好，亲情的力量超越了个人爱好。

以后的日子里，我总会变着法子买一些戏曲光碟回来。一到了周六的晚上，全家人都会围坐在电视机前，看新买来的戏曲光碟。看到母亲笑得像个孩子，我和妻子会心一笑。

真情传递

母亲爱子女永远是无私而深沉的，她用牺牲自己的方式来成全大家。当我们心安理得地享受父母的关爱时，请别忘了他们也同样需要你的关心和照顾，也许你的一点小小的举动，就能够让他们感到满足，开心好久。♥

"难道我真的比别人笨吗？"许多学生在看到成绩排名时都会产生这样的疑问。该如何回答这个问题呢？

母亲给出的答案

文/刘燕敏

有个孩子一直想不通一个问题：为什么他的同桌想考第一就考了第一，而自己想考第一却考了全班第二十一名？回家后他问妈妈："我是不是比别人笨？我觉得我和他一样听老师的话，一样认真做作业，可是为什么我总是落后于他？"

孩子的妈妈感觉到儿子的自尊心被学校的排名伤害着。她望着儿子，不知道该怎样回答。

又一次考试后，孩子考了第十七名，而他的同桌还是第一名。回家后，儿子又问了同样的问题。该怎样回答儿子呢？有几次，她真想说儿子太贪玩了，在学习上还不够勤奋，不够努力等。然而，像她儿子这样脑子不够聪明、在班上成绩不突出的孩子，平时活得还不够辛

苦吗？所以她没有那么说。

　　儿子小学毕业了，虽然他比过去更加刻苦，但依然没有赶上他的同桌，不过与过去相比，他的成绩一直在提高。为了嘉奖儿子的进步，她带他去看了一次大海。这次母亲回答了儿子的问题。

　　现在，儿子再也不担心自己的名次了，因为去年他已经以全校第一名的成绩考入了清华大学。寒假归来时，母校请他给同学及家长们做一个报告。报告会上，他讲了小时候的一段经历："我和母亲坐在沙滩上，她指着前方告诉我，那些在海边争食的鸟儿，当海浪打来的时候，小灰雀总能迅速地起飞，而海鸥却非常笨拙，从沙滩飞上天空总要花很长时间，然而真正能飞越大洋的还是它们。"这个报告使很多母亲流下了眼泪，其中包括他自己的母亲。

　　面对孩子的困惑，故事中的母亲没有选择批评或是讽刺挖苦，而是借海鸥鼓励孩子，笨拙的人一样有能力成功，维护了孩子的自尊心。因此，即使我们对自己不满意，也要播撒一颗希望的种子，用勤奋努力让它萌发生长。♥

母亲一直在倾听

文/崔修建

母亲先天聋哑，一辈子陷在无声的世界里。

他小时候口吃很严重，母亲领着他四处求医，虽然治疗有一定的效果，但他话说快了口吃仍然很明显。

听一位医生介绍，口里含石子朗读不仅可以练习发音，还可以缓解肌肉紧张，有助于矫正口吃。他就每天口含鹅卵石，对着一面小镜子练习快速朗读文章。而母亲每当忙完自己手里的活儿，总会静静地坐在一旁，微笑着看着他，一副很陶醉的样子。

后来，他听说经常唱歌对说话顺畅也有帮助。于是，一有空闲，他便站在院子里一首接一首地唱歌。尽管他五音不全，唱得很难听，可母亲却似乎听得津津有味。

初中快毕业时，他代表学校去乡里参加演讲比赛。很少出门的母亲早早地坐在了台下。在他演讲的过程中，母亲一次次为他鼓掌，好像他是所有选手中讲演最棒的。只有他知道，他那慷慨激昂的演讲，其实母亲一句也听不到。

高二那年，他想买一台复读机提高自己的英语听力和朗读能力，但窘迫的家境让他几次欲言又止。父亲知道他的心思，却只能无奈地叹息。

距高考的日子越来越近了，一次英语考试，听力三十分的题，他只得了四分。母亲知道后，赶了上百里的山路，风尘仆仆地来到县城一中，欢喜地递给他一台崭新的复读机，然后匆匆地搭便车回家了。

寒假回家，他才从父亲那里得知母亲悄悄地变卖了当年外婆送她的一对祖传的银手镯，为他买了那台复读机。他心头滚过一阵难言的灼热……

接到大学录取通知书，他一个一个字地念给母亲听，母亲像孩子一样幸福地听着，脸上溢满了兴奋。再后来，每当他取得一点点成绩，回到家里，他都会兴致勃勃地讲给母亲听，而母亲总会慈爱地望着他，满脸笑容，好像一切都听得明明白白。

那天，他正跟母亲絮叨他的大学生活，一位高中同学突然来访，惊讶地问他："你说的那些，母亲能听得到吗？"

"能听得到，虽然她的耳朵听不到，可是她的眼睛会听，她的心会听啊。"他自豪地告诉同学。

故事中的母亲虽然是聋哑人，但她一直在用一颗挚爱的心灵倾听着儿子成长的脚步声，用行动鼓舞着儿子。只要你愿意相信，爱就能创造奇迹，它能在你心里种下希望的种子，让你在前进的路上摆脱恐惧。♥

真情传递

爸爸来信说，他住在一幢老式房子里，楼下有栅栏围着的小花园，花园里开满鲜花。小昭对这个地方充满了期待……

七十三号的爸爸

文/朱传辉

小昭是个十岁的男孩，他已经很久没有见到爸爸了。妈妈说爸爸在外做生意，特别忙，没有空回来。不过每过一段时间，小昭就会收到爸爸从南方一座城市寄来的信。小昭问妈妈："爸爸为什么过年也不回来呀？我都想他了。"

妈妈解释说："等爸爸忙完这阵子就回来了。你先给他回封信吧。"

于是，小昭趴在桌子上开始写信。他写完信，填好信封，贴上邮票，再封了口，让妈妈寄出去。就这样，小昭和爸爸通起了信。

小昭很喜欢看爸爸的回信。在一封信中，爸爸提到了他所住的七十三号。那是一幢很大的老式房子，他住在四楼，房间里铺着抛光的松木地板，米黄色的窗帘从天花板一直垂到地上。早晨，太阳从地平线上升起的时候，能听到附近教堂里传来隐隐约约的福音。下雨的夜晚，站在阳台上往下望，就能看见拖着尾光的小汽车，在流光溢彩的街道上，像忙碌的甲壳虫一样来往穿梭。

在另一封信里，爸爸又写到他楼下的花园：那是一条碎石铺成的小路，小路的两边是用栅栏围着的小花园。花园里有一种叫不出名的花，会在晚上悄悄开放，刚开时是浅红色，但颜色越来越深，每天变七次。还有一种张开五只角的鲜红色小花，喜欢沿着栅栏生长，它的叶子细碎，淡青色的触须在白天使劲地打着卷儿，一到晚上就爬得老高……

爸爸描述的那些鲜花足足在小昭心里开了几个月。小昭想：放了假我一定要到爸爸那里去玩，到那里亲眼看一看。可是每次小昭对妈妈说起这事，妈妈就重复那几句话："爸爸做生意非常辛苦，一定不愿意我们去打扰他。"

爸爸还常常给小昭寄东西回来。小昭让同学们分享爸爸买的零食，给他们讲爸爸住的地方。但说多了，同学们就问："你到过那里吗？"小昭没法回答，就说："我……我当然要去的。"

想去看爸爸的念头在小昭心里打起了鼓，他的计划在夏天

实施了。那是学校举行的为期五天的夏令营，小昭揣着妈妈给他夏令营用的一百块钱去了火车站，用二十三块钱买了一张前往爸爸所在城市的火车票。

小昭揣着爸爸的信，坐了一天的火车才到达目的地。这是小昭第一回一个人出远门，他有点紧张。他鼓足勇气向路边摆摊的女人打听爸爸信封上所留的地址怎么走。那个女人说，那里好像很远，在郊区。小昭想，她一定是弄错了，爸爸说在市中心，怎么会在郊区呢？小昭又问了好些人，大家都告诉小昭那个地方在郊区。小昭觉得很奇怪，爸爸为什么要骗自己呢？

人家还告诉小昭，去那里要转很多路公交车，不过要是有钱的话也可以打车，那就方便多了。小昭知道打车很花钱，不过他一心想找到爸爸，就真的打车了。但那位司机一听小昭说的地方就不走了。他说，那里太偏，真要去得加钱，要不只能载到岔路口。小昭算了算钱，同意到岔路口下。

在岔路口下车后，小昭看见了几座低矮的平房，房子旁边还有好些菜地，路上的人和车子都很少，他知道真的到郊区了。他又在几个路人的指引下，拐来拐去终于到了爸爸所说的七十三号。那里没有鲜花盛开的花园，没有老式房

子，只有一堵高墙。眼前的景象让小昭惊呆了！

那天，小昭转身离开了那里，后来在一个好心人的帮助下回到了家。这次秘密出行，小昭一句话也没有提起，还是像以前一样和爸爸通信。半年后，爸爸终于要回家了，小昭和妈妈去车站接他。爸爸比以前瘦多了，一出站，他就被小昭认出来了。小昭疯跑过去，紧紧地抱住了爸爸。

十九年过去了，小昭依然记得爸爸信中的话：从街道到住的那幢老宅子，有一条碎石铺成的小路，小路的两边是用栅栏围着的小花园……

如果你问十九年前的那个夏天小昭看见了什么，现在他会心平气和地告诉你：那天他看见的是一座戒备森严的监狱。

真情传递

故事中的父亲用他的笔为儿子构筑了一个童话般的世界，让儿子生活在美好、快乐的感觉中，而不让他背负"父亲是劳改犯"这个沉重的思想包袱，体现了深沉的父爱。这位父亲对儿子的爱是纯洁的，无罪的，它能让迷途的心找到回家的方向。♥

亲情哑语

文/古保祥

我和朋友相约去郊外游玩，没想到天降大雨，我们躲在山的一角，失望至极。因为雨没有停下来的意思，我们只好苦等。后来我们奔跑着找到一户山里人家，便敲开虚掩的门，请求女主人让我们临时落个脚，哪怕给她钱也好。

女主人一脸慈祥，为我们准备了午饭和菜。我们先入为主，将钱放在饭桌上算作买单。

女主人说什么也不收。我们周旋了半天，一个小男孩突然从旁边的房间里跑了出来。他张着嘴巴与我们说话，却只听见"呀呀"的声音。难道他是个哑巴吗？

小男孩十分兴奋，与母亲对话，只是"呀呀"的，却不说话。母亲也一本正经地告诉他，家里来了贵客，是大学生，将来可能是他的学姐。

我与朋友侧身悄语，觉得这位母亲很奇怪：孩子如果真是个哑巴，应该学哑语才好，这样会耽误孩子的前程的。

考虑了半天，我还是不忍心看着她犯这样的错误，害怕误了孩子的一生，便有些前言不搭后语地问道："他不能说话吗？"

母亲让孩子进了里屋，才回答我们："是，说不完整，会喊'妈妈'。"

"为什么不让他进哑语学校？"我试探着问。

"我不相信他是个哑巴，我要教他念字。医生说了，只要他说个不停，嘴里的各个器官就有可能发生奇迹。他不是个不健全的人。我不让他读哑语，就是不想让他彻底成为一个不会说话的人。我要让他像健全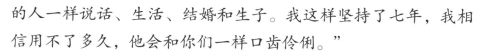的人一样说话、生活、结婚和生子。我这样坚持了七年，我相信用不了多久，他会和你们一样口齿伶俐。"

我和朋友被感动了。我们离开时，这位母亲紧紧抓住我们的手，让我们送给孩子力量与吉祥。

走了没多远，我忽然听见孩子稚嫩的声音："妈妈。"突然间，时间陡然停止，岁月的帷幕仿佛被人无情地抽掉了。朦胧的视线中，我看到这位母亲紧紧抱住儿子，泪如天上的雨。

我相信会有奇迹发生的，因为孩子的母亲用天底下最美的语言，引导孩子摆脱困境与病魔的纠缠。爱能够创造一切奇迹。

故事中的孩子虽然口齿不灵，但他的妈妈坚持训练他，坚信他能和正常人一样生活，她对孩子的爱使一切充满了希望。在这个世界上，做父母的永远不会嫌弃自己的孩子，会给孩子源源不断的爱，为他们的人生保驾护航。♥

穷学生和小女孩

文/申哲宇

为了凑齐来年的学费，一位来自贫困山区的大学生决定利用暑假挨家挨户推销一些商品。推销商品的过程是很艰辛的，有时他还不得不硬着头皮向人讨些食物来充饥。

一天，他敲开了一户人家的大门，开门的是一个小女孩。他一下子失去了勇气，心想：天下哪有大男生跟小女孩讨东西吃的？于是，他只向小女孩要了一杯水解渴。

小女孩看出来他十分饥饿，在拿来水的时候还捎带了几块面包。他把面包接过来，狼吞虎咽地吃起来。一旁的小女孩看着他这副吃相，忍不住偷偷地笑了。

吃完饭后，他感激地说："谢谢你，小妹妹，我该付多少钱？"

小女孩笑着说："不必啦，这些食物我家有很

多。"他觉得自己非常幸运，在陌生的地方还能得到他人的关照。

故事并没有结束。多年以后，小女孩长大了，却得了一种罕见的疾病，许多医生对她的病束手无策。女孩的家人听说有一位医生的医术高明，便赶紧带着女孩去接受治疗。在那位医生的全力医治下，女孩终于康复了。

出院那天，护士交给女孩医疗费用账单。女孩怔了好久都不敢打开，她知道自己可能要一辈子辛苦工作，才还得起这笔昂贵的医疗费。最后，她还是打开了账单，看到签字栏下面的空白处写着一行字：一杯水和几块面包足够偿还所有的医疗费。

她顿时热泪盈眶，这才明白她的主治医师就是当年的那个穷学生。

在别人需要帮助的时候，伸出一只援助的手，哪怕仅仅提供一杯水和几块面包，也能给一个饥渴中的人莫大的帮助，让他感到无限的温暖。好心总有回报，女孩献出爱心，也同样得到了一次充满爱心的回报。♥

三个最重要的问题

文/杜富中

从前有位国王想励精图治，使国家从衰落中崛起。经过思考，他觉得有三个最重要的问题需要明确：第一，世上最重要的时间是什么时候？第二，世上最重要的人是谁？第三，世上最重要的事情是什么？

国王把三个问题招贴出去，并宣布谁能给出满意的答案，就可以获得丰厚的奖赏。于是，大臣和百姓纷纷献计献策，但国王都不满意。国王听说有个隐士非常有智慧，就化装成普通人去找隐士请教。

当时隐士正在地里忙碌，根本没工夫理会他。国王并不恼怒，而是和隐士一起耕地。夜幕降临了，国王留宿在隐士家。

夜间，一个受了重伤的人敲门，隐士让他进来后就进屋呼呼大睡。国王热心地替隐士接待了这名伤员，给他包扎伤口。

第二天早上，伤

82

员告诉国王："我其实是你的敌人，埋伏在路上准备暗杀你，可是不幸被你的卫士发现了。我寡不敌众，受了重伤，逃到此地。要不是你仁爱地救助了我，你早已经成为我的刀下鬼了。你是一个好国王，我愿意为你效劳。让我当你的卫士，行吗？"

国王高兴地收下了这个化敌为友的卫士，然后去辞别隐士，恳请他解答那三个问题。隐士回答："最重要的时间是现在。你来找我的时候，如果不帮我耕地，而是掉头就走，很可能已遭狙击。昨天晚上，你要是不热心地为他包扎伤口，也会死于非命。你两次都把握住了最重要的时间，那就是现在。"国王恍然大悟。隐士继续回答："最重要的人物就是你身边的人。"停顿了一下后，隐士接着说："至于世界上最重要的事情，那就是爱。没有了这一条，前面的两个问题将毫无意义。"

真情传递

一个人如果带着爱心做好眼前的每一件事，用善意的行动来感化身边的人，那他就做成了世界上最重要的事情，他本人也一定会受到众人的尊敬和爱戴。这就是国王要找的答案，也是值得我们学习的真理！♥

在灾难面前，一对盲人父母因爱做出的抉择，不仅延续了女儿的生命，还震撼了在场的每一个人！

生命接力

文/余妮娟

一天半夜，一场特大的泥石流吞没了熟睡的小山村。天亮后，救援人员赶到时，小山村已被夷为平地。泥石流中东一条胳膊西一条腿，情况惨不忍睹，全村无一人幸存！

突然，有人发出一声尖叫："下面有声音！"大伙儿马上跑来察看，声音发自一间埋在泥石流下的小木屋，小屋仅剩一角屋顶。

救援人员刨开泥土，揭开屋顶，只见屋顶几乎被泥沙填满，唯独房梁下还有小小的一点儿空间，一个小女孩一动不动地在那里蜷缩着！

看样子小女孩还不到两岁。救援人员赶紧将她抱出来，她却死活不肯离开，指着小屋哭出了声："妈妈——"

顺着小女孩手指的方向看去，救援人员发现在

她蜷缩过的泥沙处隐隐约约露出一双泥手。有人尖叫道："下面还有人！"

顿时，救援人员以双手为中心，沿着四周小心翼翼地往下刨。不一会儿，眼前出现了一幅惊心动魄的画面：一个女人，个子很矮，全身呈站立姿势，双臂高高举过头顶，像一尊举重运动员的雕塑……这女人竟是一个盲人，她被挖出来的时候，身体已经僵硬。

小女孩仍不肯走，指着挖出来的泥坑，又哭喊一声："爸——"大伙儿立刻往下刨。就在女人的脚下，又刨出一个男人，他昂然屹立，身子直挺，双肩高高耸起……这男人也是一个盲人！

原来，矮女人站在男人的双肩上，双手高高举起小女孩……小女孩终于奇迹般的得救了，成为这场泥石流中唯一的幸存者！

真情传递

爱就意味着无悔地付出。灾难降临后，女孩的父母不惜以自己的生命为代价，为女儿支撑起一把生命的安全伞，他们将爱注入女儿的生命中，他们的生命在女儿身上得到延续。这是一次伟大的生命接力，震撼人心！♥

每个人都会因为犯错而受到惩罚，比如被老师罚站、被父亲痛打一顿，可这都还不算严厉，真正严厉的惩罚是惩罚心灵。

世间最严厉的惩罚

文/佚名

汤姆和杰克两兄弟出奇的淘气，他们不是打伤这个，就是碰坏那个，因此常常有邻居跑来向他们的父亲汉斯告状。

这天，两个小家伙在院子里打闹，又闯祸了。杰克一个飞弹过去，"砰"的一声，把邻居家的窗玻璃砸碎了。汉斯很生气，严厉地警告他们："如果你们再这样胡闹，我就要狠狠地处罚你们了！"

第二天汉斯下班时，兄弟俩又故伎重演，一球过去，将自家的窗玻璃砸碎了。汉斯见他俩根本没把自己的话当回事，十分恼火，决定处罚他们一次。可是他们还小，看着他们那可怜的样子，汉斯又不忍心这么做。于是，他把他俩叫进屋里，然后解下自己的皮带，脱下衬衫，光着脊梁跪在床前，对兄弟俩说："现在，你们每人用皮带抽我十下。"汤姆和杰克一下愣住了。

"犯了错就必须受到

惩罚！作为父亲，我决定替你们受罚。"汉斯接着说。

"不！"兄弟俩一下子反应过来是怎么回事了，哭着说，"爸爸，我们错了，真的错了，求您不要让我们打您！"

"我事先说了，做错事必须受罚，所以一定要打，快点动手吧！"汉斯一再坚持让他们这样做。汤姆抽泣着拿起皮带，甩向父亲的背，他的心里难过极了。接着轮到杰克。兄弟俩都是边打边痛哭，比他们平时受最严厉的惩罚时还难过。

从那以后，兄弟俩懂事了。父亲爱他们，但不会因为爱而忽视他们的错误，所以出于对父亲的尊重和爱，他俩变得听话了。

真情传递

打是威严的教育。打在自己身上，不过承受一时之痛；而打在爱自己的人身上，承受的却是内心的自责与不安。为了不给爱自己和自己爱的父母亲惹麻烦，我们最应该做的就是体谅父母的苦心，做乖巧懂事的孩子。♥

树总是默默地守望着小男孩，在他有需求的时候无私地为他奉献自己。直到某天，树全身上下只剩下一块树根……

树的守望

文/赵远

从前，有一个小男孩每天都在一棵大苹果树下玩耍。他爬树，吃苹果，在树荫下睡觉……他爱树，树也爱他。

时间过得很快，小男孩长大了，不再每天都来树下玩耍了。一天，男孩来到树下，树高兴地说："来和我玩吧。"男孩却说："我长大了，不会在树下玩了。我想要玩具，我需要钱去买玩具。"树说："我没有钱，但是你可以把我的果实摘下拿去卖了，这样你就有钱了。"男孩兴奋地爬上树，把所有的苹果都摘走了。

又过了很久，男孩又一次回到树身边。树激动地说："来和我玩吧！"男孩却说："我没有时间玩，我得工作，养家糊口。我需要一幢房子，你能帮助我吗？"树想了想说："你可以砍下我的树枝，拿去盖你的房子。"男孩把所有的树枝都砍下来，高兴地离开了。但是，男孩过了很久都没回来。

　　一个炎热的夏日，男孩终于又回来了，他对树说："我过得不快乐，想去航海放松一下。你能给我一条船吗？""用我的树干造你的船吧！"树爽快地答应了。男孩把树干砍下，做成一条船。他去航海了，又很长时间没有露面。

　　又过了很多年，男孩终于回来了。树含泪说道："对不起，孩子，我再也没有什么东西可以给你了，除了这块即将死去的树根。"男孩回答："我现在不再需要什么了，只想找个地方休息。""太好了！老树根最适合坐下来休息，"树一边说，一边挺直了身子，"来吧，坐在我身边。"男孩靠着树坐下，树含泪微笑着……

　　我们的父母就好像故事中的树，在任何时候都无怨无悔地为我们付出所有，不求回报，而这一切都是因为他们对我们的爱。我们可不要像故事中的男孩，只关注自己的生活，一味地索取，却不知道感恩回报！❤

谁更愉快

文/杨文婷

　　一天，拉摩和夏摩兄弟俩到集市上去玩，父亲给他俩每人两个安那（印度货币名），让他们买东西吃。两人拿到钱后非常高兴，连蹦带跳地出了门。

　　在路上，拉摩说："夏摩弟弟，你打算用这些钱买什么？我们给妈妈买个新鲜橘子吧，妈妈从昨天开始就发烧了，现在她一定很想吃又凉又酸又甜的橘子，她吃了身体会好些的。"夏摩说："你愿意买你就买吧，我想要给自己买些吃的。爸爸给我们这些钱，就是让我们花的。妈妈若是需要橘子的话，她自己会开口要的，她有不少钱。"

　　他俩边走边谈，来到一个水果摊前。夏摩买了许多甘蔗，津津有味地吃起来；而拉摩则挑了一个又大又好的新鲜橘子。两人买好东西后一块儿回了家。

　　兄弟俩来到母亲的房间，拉摩说："妈妈，您看，我从集市上给您买了个大橘子。您生病了，我觉得橘子对您最合适，所以就用爸爸给的零用钱买下了它，您吃吧！"母亲接过橘子，高兴地亲了亲拉摩，说："你是个好孩子，时刻挂念着妈妈的病，你自己却什么也没吃。"

　　夏摩站在一旁，目睹此情此景，再听着母亲和哥哥的谈话，感到十分羞愧。拉摩从母爱中获得的幸福，是夏摩从甘蔗里不可能得到的。

　　因为知道疼妈妈，所以哥哥拉摩也得到了妈妈更多的爱，这份真诚付出获得的额外幸福，是弟弟夏摩所没有的，因此哥哥拉摩比弟弟夏摩要更愉快。试着关心、体贴身边的人吧，这样你就能体验到幸福和愉悦。♥

老师说："小朋友都应该像天使那样。"小男孩想学天使，于是一步不离地跟在妈妈后面。这是为什么呢？

踏着天使的脚印

译/尹玉生

又是忙碌不堪的一天。我家住在加州的科斯塔梅萨市。每天，我带着六个孩子，再加上腹中的这一个，一天到晚忙得头昏眼花。今天更要命，除了那些繁杂的家务外，伦这个小家伙，不知道中了什么邪，一直在故意给我添乱。

伦是我们家的老三，今天却古怪得很，无论我走到哪里，他都紧跟在我身后。好几次我转身的时候，都差点被他绊倒。我耐着性子，不断建议他去玩些有趣的游戏。

"你不想去荡秋千吗？"我再次问他。

伦甜甜地笑着，一脸纯真地说："噢，妈妈，我很喜欢荡秋千。但是，今天我最想跟着你。"说完，他继续快乐无比地跟在我身后。

在第五次差点踩到他的脚后，我终于失去了耐心，以命令的口吻让他到外面去，和其他小朋友一起玩。伦磨蹭了一会儿，还是没有离开我。我感到有些奇怪，平时，伦很讨人喜欢的，今天怎么这么固执。

我强压怒气，问他："你为什么今天老爱跟着我呢？"

伦仰起头看着我，漂亮的蓝眼珠闪着光芒，说："妈妈，昨天我们老师说，天使是最好的人，小朋友都应该像天使那样。"

我对伦说："老师说得对。但你还没有告诉我，你为什么老跟着我？"

"老师说，小朋友应该踏着天使的脚印前进。"伦顿了顿说，"我不知道天使在什么地方，但我知道，妈妈和天使是一样的。"

我一把将伦揽到怀里，眼睛一下子湿润起来。

在小男孩眼中，妈妈是一个像天使一样的人，所以他会时刻跟在妈妈身后。小男孩这个单纯而可爱的想法着实让人感动。的确，世上没有比妈妈更好的人了，她爱我们，时时刻刻照顾着我们，让我们生活在幸福中！♥

"我真希望能拥有没有取笑的一天！"小女孩在圣诞节前，向圣诞老人许下了这个特殊的圣诞愿望……

特别的心愿

译/尹玉生

艾米·哈根多思从教室拐角处一瘸一拐地穿过走廊，迎面撞上了一个正从五楼冲下来的高大男孩。

"小心点，小不点！"男孩盯着艾米轻蔑地大叫道。接着，男孩得意地笑着，学着艾米的样子，撑住他的右腿一瘸一拐地走了。

艾米厌恶地闭上了眼睛。"别理他。"她一边告诫自己，一边朝教室走去。

但直到晚上，那个男孩讥笑她的样子仍影响着她的心情。

这已经不是第一次了。从艾米上学开始，几乎每一天都有人那样取笑她。孩子们笑她讲话结结巴巴，走路一瘸一拐。对此，艾米烦恼极了。有时，即使全班人都在，她也会觉得孤立无助。

那天回到家，艾米坐在餐桌旁一言不发。妈妈知道她在学校里肯定又出事了，所以她决定和女儿分享一些有趣的消息。

"电台要举行一次圣诞愿望比赛，"妈妈说，"写一个愿望给圣诞老人，就可能得奖。我想此刻坐在饭桌旁的那个金黄色卷发的小女孩也许应该试试。"

艾米"扑哧"一声笑了。这个比赛听起来似乎很好玩，她开始盘算圣诞节到底许个什么愿好。

突然，一个念头在脑海中闪现，艾米顿时眉开眼笑。她拿出纸和笔，坐到桌前，开始给圣诞老人写信。

当艾米认认真真地写信时，家里人都在猜测她想要什么。艾米的姐姐和妈妈猜艾米想要个可爱的芭比娃娃，爸爸猜她想要一本相册，但艾米不准备公布她的圣诞愿望。

下面就是艾米那天晚上写给圣诞老人的信：

亲爱的圣诞老人：

我叫艾米，今年九岁。我在学校里遇上了点麻烦，您能帮我吗？同学们都笑话我走路和说话的样子。我患了脑瘫，我真希望能拥有没有取笑的一天，您能帮我实现我的愿望吗？

爱您的艾米

举办圣诞愿望比赛活动的印第安纳州福特·威利市的VUL电台收到了从全国各地寄来的成堆成堆的信。工作人员向听众朗读了孩子们想得到的各种各样的圣诞礼物。当艾米的信送到电台时，台长雷·托宾仔细地读了一遍又一遍。他认为，应该让全城的人都知道这个特别的女孩和她不同寻常的愿望。于是，托宾先生拨通了当地报社的电话。

第二天，艾米的照片和她给圣诞老人的信被刊登在《新闻岗哨报》的醒目位置上。故事很快传遍了全国，报纸、电台和电视台都争相报道这位福特·威利市小姑娘的故事，人们知道了她只想要一个简单但极不寻常的礼物——没有取笑的一天。

一时间，邮递员频繁地光顾艾米的家。每天，她和她的家人都会收到世界各地寄来的信，寄信的人送来串串节日的祝福和鼓励的话语。

在那个难以忘怀的圣诞节，几乎有二十万人从世界各地给艾米寄来了信。艾米和她的家人逐一看了他们的信件。其中，许多来信的人也是残疾人，有些人小时候也曾被人取笑过。从这些陌生人寄来的卡片和信件中，艾米高兴地看到世界上到处是互相关爱的人。从那天开始，她不会再感到孤独和无助了。

许多人还谢谢艾米勇敢地站出来为残疾人讲话，更多的人鼓励艾米抬起高傲的头，把取笑抛在脑后。

得克萨斯州的一名六年级的学生这样写道："我想做你的朋友，我们一定会很快乐的。没有人可以取笑我，因为即使他们做了，我也听不到。"

艾米真的如愿以偿了，那一天，没有一个人取笑她。

那年，福特·威利市的市长把十二月二十一日这一天命名为艾米·哈根多思日。市长说，艾米的这个愿望教会了人们最深刻的做人道理。"每个人，"他说，"都希望得到别人的尊重、理解和关爱。我们有责任去实现这个最美丽的愿望……"

艾米的圣诞愿望道出了所有残疾人的共同心声——不要歧视我们！残疾人的身体虽然有缺陷，但他们的心灵是健全的，同样需要爱，渴望尊重和理解。每个肢体健全的人都不应该歧视残疾人，应该给予他们理解和关爱！♥

我们会抛弃自己不喜欢的东西，留住心爱的宝贝；而父母有时却采取恰恰相反的做法，越爱的越要抛弃……

为爱抛弃

文/贾宝花

这是一件真实的事，那是我老家的老邻居，是一对母子。孩子的父亲在一次车祸中去世了，母亲一个人带着男孩。还好，母亲在一个效益好的单位当经理，生活还算宽裕。母亲对孩子自小就失去父亲感到很愧疚，所以非常宠孩子。就是这个在蜜罐里泡大的男孩，直到二十多岁，居然还不知道如何照顾自己，倒是常常惹事生非，让母亲操心。

就在这一年，男孩的母亲出事了，医院的检查结果上赫然写着"癌症晚期"，她已经没有太多的时间了。她一走出医院的大门，就将化验单撕个粉碎。

那天，男孩又很晚才回家，他母亲突然意外地大发脾气。男孩感到很诧异：自己平常不就是这样吗？紧接着是母亲琐

碎的唠叨。男孩越听越生气，竟和母亲顶起嘴来。最后，母亲拿出五千块钱递给儿子，坚决地将他赶出家门，说道："有本事就自己养活自己。"男孩从来没有受到过这种打击，一气之下走出家门，决心自己闯荡。

男孩经历了很多磨难，半年之后终于自立起来，成了坚强的男儿。而此时的他忽然意识到自己以前是多么不懂事，于是决定回家给母亲道歉。

到家的时候，出来迎接他的不是慈爱的母亲，而是那些邻居和亲戚。他的母亲已经在三个月前去世了，留给他的是一份家产和一封情深意切的遗嘱。遗嘱中，母亲说了抛弃他的原因，那是为了让他能学会自己照顾自己，在她死后能好好地活下去。

他彻底悔悟了，在母亲的墓前痛哭了一场。而站在他身后的我，突然明白了一种爱的深意：许多时候，小爱为怜惜，而真正博大的爱是一种忍痛的抛弃。

真情传递

我们都是被父母揽在怀里疼爱长大的孩子，没有几个人经历过这种残酷的抛弃之爱。给予是爱，割舍抛弃也是爱，父母这么做完全是为子女考虑——让他们在磨炼中成长，学会坚强，将来能够自强自立地生活。♥

为儿子挨刀

文/李珊珊

从前，一户农家有个顽劣成性的孩子，读书不成，反把老师的胡子一根根都拔下来；种田也不成，一时兴起，把家里的麦田种得七零八落。稍大点后，他每天只知道跟着狐朋狗友做些偷鸡摸狗的事。

孩子的父亲是一位老实的庄稼人，实在看不下去儿子的所作所为，就呵斥了他几句。谁知他不服，反而破口大骂父亲。父亲不得已，操起菜刀吓唬他。没想到儿子冲过来抢走菜刀，一刀挥去，竟把父亲的右手砍掉了。

世事变迁，他再回来的时候已是将军了，住豪宅，娶美人，多少算是有身份的人，要讲点面子。于是，他把父亲安置在后院，却一直冷漠地对待父亲。不仅如此，他还开口闭口"老狗奴"地叫，他自己则夜夜笙歌。父亲连喝一口水都得自己动手，他用残缺的手臂拎着水桶到井边吃力地打水喝。

邻居们见了，纷纷说："这种逆子，雷怎么不劈了他？"

也许真是恶有恶报吧，一天夜里，将军的仇家来寻仇，一直杀入内室。大宅里，那么多的幕僚、护卫转眼间都逃了个精光，眼看将军就要死在刀下。突然，老人从后院冲了出来，用唯一完好的左手死死地握住了刀刃。老人的苍苍白发，还有他那不顾命的悍猛劲儿，震慑住了刺客。老人便趁这刻的间歇大喊："儿啊，快跑，快跑呀！"

老人从此双手俱废。

三天后，在外逃亡的儿子回来了，他径直走到三天来不眠不休、翘首企盼他归来的父亲面前，扑通一声跪下，含泪叫道："爹——"

第一刀为他，第二刀还是为他，只因他是老人的儿子。

真情传递

老人用一双断臂终于换回儿子的悔悟，这值得欣慰，但代价太大、太沉重！这位父亲是慈悲宽容的，纵然儿子有千错万错，只要肯悔过自新，所有付出他都在所不惜。而这位父亲的心愿，也是天下所有父母的心愿。♥

未捅破的秘密

文/马德

父亲是个搓澡工。

我已经很大了，也没有人喊我的大名。大家看到我只是说："他啊，是搓澡工家的小子，学习不赖。"即便他们是在夸我，我也会远远地走开。

记得有一年夏天的晚上，我在用水冲凉，父亲说："小子，来，我给你搓搓背！"

我有些不冷不热地说："你给别人搓去吧，我用不着你搓。"说完后，我把剩余的水一下子兜头浇了下来，一转身，就进屋去了。

黑暗中，只剩下父亲一个人，呆呆地站在那里。

我为有这样一个父亲而感到丢脸。

上初中时，语文老师曾经出过一个"我的父亲"的作文题目，同学们都有写不完的话。整整一节课，我却只写了几行字，我不知道该怎么去写这个每星期都到城里为人家搓澡的父亲。

语文老师问我作文为什么仅仅写了那么几行字，我始终沉默着，一句话也不说。

这样的父亲，没什么可写的。

然而，让我意想不到的是，我快上高中的时候，父亲便不再去城里了。隐约听他说，好像要和别人一块儿去做买卖，便辞去了为别人搓澡的活儿。

我心里说不出是高兴，还是解脱，总之似乎一下子轻松了许多。

其实，父亲还不知道，我原本不打算去上高中了。因为高中就在城里，我不想让同学们知道我是搓澡工的儿子，更怕哪一天突然在大街上看到他。

既然他不去了，我便开始筹划上高中的事情。

报到的那一天，父亲说："我去送送你吧。"我说不用了。父亲便不作声，默默地在一边帮我拾掇行李。

就在我跨上自行车的那一刻，他一下抓住车把，颇有些坚决地说："你没出过门，还是让我送你去吧。"

我一口回绝了父亲，连头也没回就走了。

父亲一个人，在坡上望了我许久。

上高中的那一段日子是快乐的。父亲终于不再是一个搓澡工了。

每次月末回家的时候，我都会看到父亲和母亲在家里等我回来，我兴高采烈地给他们讲学校里发生的事情。

看得出来，父母也为我在学校取得的成绩而自豪。

上高三的那年冬天，一天，我回到家已经很晚了，只有母亲一个人在家。我问："父亲呢？"

母亲说："出去好几天了，还没有回来。"

我便有些怅然。睡到后半夜的时候，听到院里沉闷的咳嗽声，父亲回来了。

父亲的棉帽子上挂着白白的霜，像圣诞老人一样。

推门进来，他便笑眯眯地冲着我说："小子，看，给你买来了啥？"说完后，父亲便从挎包里倒出几本书来。

我一看，竟然是一整套的《高中各科复习综合训练》。我翻着崭新的书，心里有说不出的高兴。

父亲抚摸着我的头，不断地重复着："好好学吧，好好学吧。"

那一刻，我的心里突然间涌动着一种从来没有过的异样感觉。后来我知道，那叫幸福。

高中毕业后，我考上了大学。毕业后，我被分配到了另一座城市。

一次，我见到了读初中时的语文老师。他说："你还不知道吧，你父亲为你付出了多少。"

见我愣在那里，他接着说："那年，我把你那次作文课的情况告诉你父亲后，他便以做买卖为名，偷偷地躲着你和别人，到邻县的澡堂里搓澡去了。为了不让你知道，你什么时候回家，他就什么时候提前等在家里。就连你们村里的人，也不知道你父亲那几年到底在忙什么……"

那以后，我理解了父亲，也知道了一个孩子的虚荣给父亲带来了怎样的伤害。

是的，父亲没有别的手艺，为了养家糊口，他有的只是劳作和承受。

后来，我一直没有问过父亲这件事，我不想把它捅破，我想珍藏起来，用一生的时间去体味其中的辛酸。

前些日子，我晚上正要洗澡，见父亲坐在沙发上看电视，我说："爸爸，您给我搓搓背吧。"

父亲顿了一下，然后连声说："好……好……"

就在父亲给我搓背的那一刹那间，不知怎的，我竟哭了，而父亲也泪流满面……

真情传递

俗话说："儿不嫌母丑。"故事中的儿子曾因虚荣而漠视和伤害父亲，但长大后他终于理解了父亲的良苦用心，并意识到自己的错误。抛开虚荣，人与人之间便能少些隔阂，享受生活中无所不在的温情。♥

我愿意给你我的生命

文/凉月满天

（一）

她是一个产妇，没进产房，却住进了加护病房。

她有慢性的心肌病变，再加上严重的心律不齐，心跳快，血压低，呼吸急，是典型的心脏衰竭。

她本不该怀孕，却硬是下决心要一个孩子。

现在新生命出生在即，加护病房、妇产科、麻醉科、小儿科的所有医师都在这里，所有人都断定她不可能自然生产，否则她和小孩必死；她也不能麻醉开刀，否则她和小孩必死；可是若给她不麻醉开刀，可以一边作心肺复苏，一边把小孩子抢救出来——换句话说，她必死，她的小孩也许能够活下来，只要她能够为了维持心肺功能，在清醒的状态下承受电击。

电击开始，她的手伸出去够电击板，要把它推开，这种痛楚她实在承受不来。

她胸前的几处皮肤已经被电击得焦黑，医师双手发软，按不下按钮，因为她是清醒的，这不是治疗，是上刑。

别的医师建议打镇静剂，让她入睡。可是妇产科的医生说不可以，因为镇静剂会通过胎盘被小孩子吸收，小孩子的情况已经很差，不能再冒险了。

然后，大家就看到她紧抓住电击板的手，又渐渐松开。

她不要医生打镇静剂，袒露着胸膛，静候电击，像个勇士。

一次，两次，不知道多少次。

剖腹产已经开始，麻醉医师只能给她最微量的麻药。她躺在那里，乖乖地让妇产科医师取出她肚子里的小孩。

再次电击。再次电击。她双眼紧闭，双手软垂，再没有力气去推拒电击器。

这时，小儿科医师那边传来婴儿的哭声。她的眼睛张开了。

护士替她把小孩抱过来，她眼睛睁得大大的，脸上的表情无法形容。

她的丈夫和公公牵着她的手，哭成一团。

心室颤动像个恶魔，又来了。好在现在小孩子已经平安，她可以打完镇静剂再电击。

打完镇静剂，她再也无法醒来，可是眼睛仍然张得大大的，带着无限的贪恋……

她的孩子躺在婴儿室里，纯净、美丽、可爱，在生命中的第一个早晨，她对世界笑了起来。

（二）

他是一位老先生，生命垂危，只有从那双坚定的眼睛还能看出来他当年白手起家时那雄狮一般的风采。

他身上没有一块地方可以再接受输液，只能往脖子上打点滴。他的气管被切开，接上呼吸器。他没办法说话，却用眼神拒绝医师做的一切。

他不求生，只希望安宁地死。可是他的儿子不肯，恳求医生尽量延长他的生命，起码要撑到第二天——公司董事会第二天要开。他是董事长，敌手强大，需要他去坐镇。

医师强烈反对，可是全体家属都同意了。

"你们知道董事长快要死了吗？"医生愤怒地说。

"我们当然知道。"

这时候，老先生的律师打电话来说，就算他出席，也不一定能够救局，可是不出席就输得更惨。他的四个孩子都无魄力，又不肯团结，对方一定会置他们于死地。

最后医师妥协了，让他们自己去问他们的爸爸。

垂危的董事长闭着眼睛，所有人都静默不语。不知道过了多久，眼泪从老先生的眼眶流出来，他慢慢睁开了眼睛。

他肯了。

他肯让他们把他歪歪斜斜地推进机舱内，肯全身都带上瓶瓶罐罐的点滴、插管、氧气筒，让随行医师不停地挤着呼吸气囊维持他的呼吸，肯让护士拿着急救用药随侍在侧，肯让大家——包括敌手，看到他这个衰弱的样子，肯忍受巨大的痛苦，为他的儿女们去打最后一场仗。

无论是输是赢，为了他的儿女，他最后一次，要拼尽全力。

这两个故事都不是杜撰的，它们出自于一个台湾医师的笔下，他记录的是他的亲眼所见。

真情传递

世界上最伟大的人就是父母，他们可以为孩子舍弃性命，即使命悬一线，还在为孩子操心，真的是可怜天下父母心啊！父母的恩情我们一辈子都报不完，所以我们应该从现在开始多体贴他们，关心他们。♥

乌鸦反哺

文/杜富中

很早以前，有一个孩子不孝敬爹娘，爹娘没有办法，只好找孩子的舅舅诉苦。孩子的舅舅是个放羊倌，每天在山坡上放羊。他虽然没有文化，但对教育子女却很在行。他对孩子的爹娘说："把外甥交给我吧，过一段时间他就会成为孝敬父母的好孩子。"

第二天，孩子的爹娘把孩子送到了舅舅家。舅舅见了外甥，既不骂，也不打，二话没说，就把一根放羊鞭递给了他。

六月的一个晌午，太阳像火球一样烤着山坡，鸟儿都藏在树荫里不出来了。舅舅也把外甥带到一棵大树下乘凉。

这时，有几只小鸟在炎热的太阳下飞来飞去。外甥好奇地问舅舅："这几只小乌鸦不怕热吗？它们不停地飞来飞去忙什么呢？"

舅舅指了指大树上的鸟窝说："我猜想鸟窝里有一只老得

飞不动了的乌鸦，正仰着头，张着嘴，等着小乌鸦一口一口地喂食呢。要是没有这些懂事的小乌鸦喂它，它会饿死的。乌鸦自从生育了子女，每天早出晚归，辛苦地觅食喂养自己的子女。在老乌鸦年迈到无法出去觅食的时候，它的子女便会出去寻找可口的食物孝敬老乌鸦，照顾老乌鸦，并且从不感到厌烦，直至老乌鸦自然死亡，这就叫'乌鸦反哺'！"

外甥一边听，一边默默地低下了头。停了一会儿，舅舅又说："乌鸦还知道反哺，人难道就不知道孝敬自己的父母吗？"

外甥听了舅舅的一席话，懊悔地哭了……从那以后，外甥成了一个远近闻名的大孝子。

需要理解的朋友

文/佚名

宠物店的店主在门上挂了个广告牌，上面写着"出售小狗"。这条信息显然吸引了附近的孩子。一天，一个小男孩出现在广告牌下。

"小狗卖多少钱？"他问宠物店的店主。

"30到50美元不等。"

小男孩将手伸入口袋，掏出一些零钱："我有2.37美元，能让我看看它们吗？"

店主笑了笑，吹了声口哨，一名负责管理狗舍的女士便跑了出来。她身后跟着五只毛茸茸的小狗，其中有一只远远地落在后面。

小男孩立即发现了那只落在后面、走路一跛一跛的小狗，问道："那只小狗有什么毛病吗？"

店主解释说："那只

小狗没有臀骨白，所以它只能一瘸一拐地走路。"

小男孩说："我就买那只了。"

店主说："这只你用不着花钱，如果你真的想要，我把它送给你好了。"

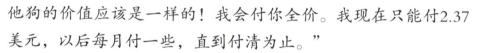

店主的话刚说完，小男孩就生气地瞪圆了眼睛，说："我不需要你把它送给我，这只狗和其他狗的价值应该是一样的！我会付你全价。我现在只能付2.37美元，以后每月付一些，直到付清为止。"

店主劝道："你真的用不着买这只狗，毕竟它不可能像别的狗那样又蹦又跳地陪你玩儿。"

听到这句话，小男孩弯下腰，卷起裤腿，露出一只严重畸形的腿——他的左腿是跛的，靠一个大金属支架撑着。"我知道它不能陪我玩……我只是想，我自己也跑不好，那只小狗需要有一个能理解它的人。"小男孩哽咽着说。

真情传递

小男孩用他的身体力行告诉我们一个深刻的道理：要用理解和尊重的态度对待每一个生命，不论它是健康的，还是有缺憾的，它们都是平等的。的确，我们需要呵护那些生来不完美的生命，给予他们更多的理解和关爱。♥

113

如果让你邀请财富、成功、爱这三位老人中的一位来家中做客，你会选择谁呢？是不是都想邀请呢？

邀请爱进来

文/孙晓华

有一天，一位妇人走到屋外，看见前院坐着三位老人。妇人并不认识他们，但她依然十分友好地对三位老人说："请进来吃点东西吧！我想你们一定很饿了。"

老人们说："我们不可以一起进同一个房屋。"

"为什么呢？"妇人觉得很奇怪。其中一位老人指着他的一位朋友，解释说："他的名字是财富。"然后又指着另外一位说："他是成功，而我是爱。"接着又补充说："你可以进去和你丈夫商量一下，邀

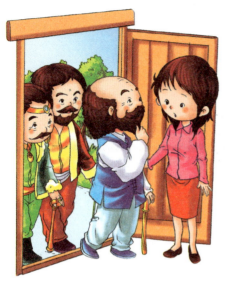

请我们其中的哪一位到你们家里做客。"

　　妇人进去告诉丈夫刚刚谈话的内容。丈夫高兴地说："让我们邀请财富进来吧！"妇人并不同意，说道："亲爱的，我们何不邀请成功进来呢？"他们的儿媳妇在里屋听到了他们的谈话，提出了自己的建议："我们邀请爱进来不是更好吗？"妇人的丈夫想了想，对妇人说："就照儿媳妇的意见办吧！快去请爱来做客。"

　　妇人走到屋外，对三位老人说："我们邀请爱来做客。"爱起身朝屋子走去，另外二位也跟着他一起进了屋子。妇人惊讶地问财富和成功："我只邀请爱，怎么你们也一道跟来了呢？"财富和成功齐声回答："如果你邀请的是财富或成功，另外两人都不会跟来，而你邀请爱的话，那么无论爱走到哪，我们都会跟随。"

真情传递

　　成功可以属于一个人，财富也可以为一个人所独有，只有爱不行。爱不允许孤独存在，爱要生活在一个和睦温馨的大家庭里，为大家创造欢乐和幸福。可以说，爱是财富的源泉，是成功的基石，有爱才会有财富和成功。♥

一份特殊的礼物

文/崔修建

得知我春节要回乡下老家过年，在省城打工的老乡大军委托我给他捎点儿东西，我痛快地答应了。

没想到，他那天送到车站要我带回去的竟没有一样稀罕的东西，都是在乡下很容易买到的，无非是一些速冻饺子、汤圆、豆包，还有酱油、味精、洗衣粉，装了满满两大纸箱。

"怎么往家里带这些东西？还不如捎一点儿钱省事呢。"我一脸的困惑。要知道，从省城到老家，要坐上千里的火车，还要换乘公共汽车在崎岖的山路上颠簸四个多小时呢。为此，我每次回家都带极少的东西，常常是直接给父母钱。

大军见我自己轻装简行，有些不好意思地告诉我："这半年我没挣到多少钱，最近好不容易找到一份工作，春节就不回去了。你把这些东西给我妈带上，就说这些东西都是我单位分的，我吃不完的。"

没办法，我只得一路小心地呵护着大军那并不珍贵的新年礼物，一路上在心里不停地埋怨大军害我受累。

一下车，我就扛着纸箱直奔大军家。大军的母亲高兴地打开纸箱，把那些东西摆了一炕。她一边摆一边兴奋地告诉我："大军好几次写信回来，说他找了一个好单位，什么东西都

116

分，吃都吃不了，让我们别惦记着他。起初我还不大相信呢，以为他怕我挂念他，看到他拿来的这些东西，我就放心啦。"

看到老人家满脸的喜悦，我的心倏然一动——真是难为大军的一番孝心了。

随后的几天里，在大军母亲慷慨的分赠和充满自豪的讲述中，我看到了左邻右舍那羡慕的目光，看到了大军母亲那无法形容的幸福……

我要回省城上班了，老人家让我转告大军，家里什么都不缺，希望他好好工作，别对不住单位里对他那么细心的关照。

归途上，我的眼前一再浮现出那两纸箱东西和大军母亲的灿烂笑容，心中不禁一颤——除夕夜，我塞给母亲两千元钱，母亲也只是淡淡一笑，其带来的快乐，远远不如大军那些不值钱的东西。

是的，钱和东西都不重要，重要的是真诚的爱与爱的巧妙表达。即使最简单的爱，因为慧心的选择，也会产生许多难以形容的幸福啊。

大军带给母亲的东西尽管不珍贵，但它们代表着他的一分孝心和对母亲的牵挂。其实，父母并不需要我们回报太多，如果可以的话，常回家看看就是孝敬他们最好的方式。即使不能回家看父母，我们也要用最贴心的方式表达对他们的爱。♥

人的一生中会遇到无数朋友，什么样的朋友才算得上是真正的朋友呢？真正的朋友在你危难时又是怎样做的呢？

一个半朋友

文/康文笠

从前有一个叫丁俊义的武夫，为人仗义，广交天下豪杰为友。临终前，他放心不下儿子，便对儿子说："别看我自小在江湖闯荡，结交的人多得好像江里的鱼，其实我这一生就交了一个半朋友。"

儿子觉得很奇怪。父亲在儿子的耳边小声交代了一番，然后对他说："你按我说的去做，去会会我的这一个半朋友，朋友的要义你自然就会懂得。"

于是儿子先去了他父亲所说的"一个朋友"那里，对那人

说："我是丁俊义的儿子，现在正被朝廷追杀，不得已到您这里来避避难，希望您能收留我！"这人一听，连想都没想，连忙叫来自己的儿子，命令他立即将衣服脱下，让眼前这个并不相识的"朝廷要犯"穿上，而自己的儿子却穿上了"朝廷要

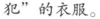

犯"的衣服。

武夫的儿子明白了：在生死攸关的时刻，那个能为自己肝胆相照，甚至不惜割舍亲生骨肉搭救自己的人，可以称作"一个朋友"。

随后，武夫的儿子又去了父亲说的"半个朋友"那里。行礼拜见过这人之后，武夫的儿子又把同样的话说了一遍。

这"半个朋友"听了，对眼前这个求救的"朝廷要犯"说："孩子，这样的大事我可救不了你，不过我可以给你足够的盘缠，你远走高飞快快逃命吧，我保证不会告发……"

武夫的儿子明白了：在自己患难的时刻，那个能够明哲保身、不落井下石加害自己的人，可称作"半个朋友"。

有人说："为朋友两肋插刀，这样的人才算朋友。"也有人说："朋友嘛，就是有福同享，有难同当。"这样的朋友当然是难得的真心朋友，我们要珍惜。但有时候在我们身边更多的是"半个朋友"，我们也要理解这样的朋友，和他们保持君子之交。♥

有时，我们连亲人都顾不上关心，哪还谈得上关心外人。而有这样一位老人，他与女孩无亲无故，却对她体贴入微……

一个人的最后温暖

文/马德

　　她是一个孤儿，一直跟着奶奶长大。

　　上了高中之后，她需要上晚自习，很晚才能放学，回家途中要走一段曲折幽深的小巷。尽管她一再表示自己什么也不怕，可奶奶还是不放心，每晚都在路口等着接她回家。就因为这个，她不想上学了。那天，奶奶为了接她滑倒在路上，如果不是抢救及时，奶奶就没命了。所以她有了辍学的想法。

　　这天，她刚走过路口，就看见了奶奶。同时，她还发现一位老人在那里摆摊修车。她和奶奶走的时候，老人也收了摊，不紧不慢地跟在她们后边一起往回走。

　　后来，她知道老人略有些跛足，就住在离她家不远的后街。老人人

很好，而且一般在她放学的时候才收摊，于是奶奶把她交给了老人。每天很晚的时候，这一老一少回家的欢声笑语就回荡在这悠长的巷子里。从那以后，她再没想过辍学。

后来，她上了大学。再后来，她有了不错的工作。那年冬天，她回去看望奶奶，听说后街的那位跛足老人去世了。她前去吊唁，悲戚地对老人的女儿说："你父亲可是位好修车师傅啊！"老人的女儿并不认识她，说道："我父亲哪里会修车啊，刚退休的那一年，他在晚报上看到一则故事，就说什么也要去街口修车。"她突然想起几年前，自己曾在晚报上发表过一篇文章，提到过那条长巷给自己带来的烦恼。她问："您父亲是不是怕故事中那个女孩辍学，以修车收摊为由送女孩回家？"老人的女儿点点头。她"哇"的一声哭出来。那一刻，她觉得整个世界都被老人的一颗心温暖了！

真情传递

这个世界正是因为有许多像老人这样的热心人存在才显得温暖，他们这种不是亲人却胜似亲人的关爱让人感动！社会需要这种助人为乐的风气，需要爱心。如果你被感动了，那么赶快加入到奉献爱心的行列中来吧！♥

人生的境遇会经常发生变化。与别人不同的是，秦西巴因善心而失宠，又因善心而得宠……

一颗仁慈的心

文/刘国华

一次，鲁国贵人孟孙带领随从进山打猎，门客秦西巴跟随左右。打猎途中，孟孙活捉了一只可爱的小鹿，非常高兴，便命令秦西巴先把小鹿送回府中，以供日后玩赏。

秦西巴抱着小鹿走在回去的路上，突然发现一只大鹿紧跟在身后，不停地哀号，叫声十分凄惨。秦西巴明白了，这是一对母子。他动了怜悯之心，就把小鹿放在地上。那母鹿不顾危险，冲到小鹿身边，亲切地舔着小鹿。然后，两只鹿撒腿跑进了林子，转眼就不见了。

孟孙打猎归来，得知秦西巴放走了小鹿，顿时火冒三丈，将秦西巴赶出了家门。

过了一年，孟孙的儿子到了念书的年龄，他要为儿子找一位好老师。许多门客都来向孟孙推荐老师。孟孙一一接见了这些人，但觉得都不是十分满意。孟孙正闷闷不乐的时候，突然想起了一年前被自己赶走的秦西巴，豁然开朗，立即命人去

寻找秦西巴，把他请回府，让他当自己儿子的老师。

门客们对孟孙的做法很不理解，问道："秦西巴当年自作主张，放走了您钟爱的鹿，得罪了您，现在您反而请他来做令郎的老师，这是为什么？"

孟孙笑了笑，说："秦西巴不但学问好，更有一颗仁慈的心。他对一只小鹿都产生怜悯之心，宁可自己获罪也不愿伤害动物的母子之情，现在请他做我儿子的老师，我可以放心了。"

秦西巴的仁慈之心终于被孟孙理解了。

真情传递

一个充满爱心和同情心的人，不仅能够关爱别人，还能够感化别人，这是孟孙决定再次重用秦西巴的原因，因为他想让秦西巴教育出一个德智兼备的儿子。古人讲求"积德行善"，我们也应带着一颗仁慈善良的心做事。♥

一位母亲与家长会

文/刘燕敏

一位母亲第一次参加家长会，幼儿园的老师说："你的儿子有多动症，在板凳上三分钟都坐不了。"回家的路上，儿子问："妈妈，老师都说了些什么？"母亲鼻子一酸，差点流下泪来。然而，她还是告诉儿子："老师表扬你了，说宝宝原来在板凳上坐不了一分钟，现在能坐三分钟了。别的家长都非常羡慕妈妈，因为全班只有宝宝进步了。"那天晚上，儿子破天荒地吃了两碗米饭，并且没让她喂。

在第二次家长会上，老师说："全班有五十名同学，这次数学考试，你儿子排倒数第二名。我怀疑他智力上有些问题，您最好能带他去医院查一查。"回去的路上，她流泪了。然而，回到家里，当她看到诚惶诚恐的儿子，又振作起精神说："老师对你充满信心。

他说了，你并不

是个笨孩子，只要细心些，一定会超过你的同桌。"说这话时，她发现儿子暗淡的眼神一下子充满了光亮，沮丧的脸也顿时舒展开来。第二天上学，儿子起得比平时都要早。

孩子上了初中，有一次家长会上，老师告诉母亲："按你儿子现在的成绩，考重点中学有点危险。"母亲怀着惊喜的心情走出校门，她告诉儿子："班主任对你非常满意，他说了，只要你努力，就很有希望考上重点中学。"

高中毕业后，儿子把一封印有某重点大学招生办公室的特快专递交到母亲的手里，边哭边说："妈妈，我一直都知道我不是个聪明的孩子，是您……"这时，她悲喜交加，再也按捺不住十几年来凝聚在心中的泪水，任它打在手中的信封上。

鼓励胜于批评，帮助强于指责。如果家长们都像故事中的母亲那样，用关爱和支持的态度来对待孩子，那么孩子的未来一定会充满希望。这样的母亲值得赞颂，这样的孩子值得表扬，因为他们让我们相信爱能创造奇迹。♥

虽然生母遗弃了他，但他依然尽自己的义务照顾生母，甚至为了让母亲开心，甘愿蹲下身去恳求一个小女孩……

因为她是母亲

文/崔修建

在他三个月大的时候，他便被母亲扔到了一个无名小镇的候车室里。是一位五十多岁的清洁工收养了他。

家境贫寒的养母为了把自小便体弱多病的他拉扯成人，吃尽了苦头。

有好几次，他差点被病魔夺去了生命，但他最终还是活了下来，并考上了省城的一所大学。

后来，他在商海中几经沉浮，终于打拼出一片灿烂的天

地。而曾给予他百般疼爱的养母，却在刚刚看到他成功之时，突发脑溢血猝然离世。

一个人的时候，他常常对着养母的遗像，久久不语，内心沉痛。养母去世三年后，他开始四处寻找生母。

历尽了许多周折，他终于见到了无数次在想象里描摹的生母。而此时，干瘦、苍老的生母已经精神失常多年，无法认出他这个突然出现在面前的儿子了，只是对着他傻傻地笑，笑得他心痛。

他的生母的另一双儿女，也就是他的哥哥姐姐，作为那个偏远小县城郊区普通而穷苦的平民百姓，这些年来的日子一直过得十分拮据，根本没有能力为母亲看病，甚至连母亲简单的生活都照顾不好。

他说服了哥哥和姐姐等人，将母亲接到省城，并专门为她请了一位全职保姆。

他停下手头的工作，带着母亲辗转省内外的多家医院。虽然母亲的病情始终未见好转，还认不出他，但他仍不愿放弃继续为她医治。

他常常在网上搜寻国内外的类似病例，搜集各种治疗精神疾病的偏方和秘方。

渐渐地，谈起精神疾病患者的治疗和护理问题，他竟说得头头是道，俨然已是这方面的专家。

初秋的一个周末，他牵着母亲的手从滨江广场上走过。一个小女孩手里放飞的漂亮风筝吸引了母亲的目光，她急急地奔过去，吵嚷着要小女孩的风筝。

他环顾四周，偏偏这里没有一个卖风筝的。他只好红着脸，走到小女孩身边，恳求小女孩把风筝借给他母亲放一会儿。

玩得正在兴头上的小女孩看到正朝自己伸手的老太太那直勾勾的眼神，本能地边向后退边拒绝道："叔叔，我好不容易才把风筝放这么高，等我再玩一会儿才能借给你玩。"

可是，他的母亲这时却任性得像个不懂事的孩子，偏偏非要小女孩的风筝，恨不得立刻就拿到手里。

他只得满脸堆笑着再次蹲下身来，对着小女孩的耳朵轻声请求道："小朋友，今天是我妈妈的生日，我想让她高兴一回，请你帮我一个忙，好吗？"从来不撒谎的他，竟然对一位七八岁的小女孩撒谎，他感到很羞愧。

这时，小女孩的母亲从不远处走过来。他请求小女孩的母亲让女儿把风筝借给他，小女孩的母亲同意了。

当小女孩将风筝线盘交到他母亲手里，老人便欢喜地仰望着头顶的风筝，喃喃自语。

他与那位小女孩的母亲一边看着老人放风筝，一边闲聊起来。当小女孩的母亲得知他就是本市赫赫有名的企业家时，很惊讶地问他："我曾看过一篇报道，说您自幼被生母遗弃，是养母含辛茹苦将你养育成人的，这位就是您的养母吗？"

"不，她是我的亲生母亲。"他的口气里满是自豪。

"你的生母只是给了你生命，几乎没有给你什么帮助，你能够尽一点孝心就行了，为什么还要这样对她百依百顺呢？何况她现在都认不出来你呢！"年轻的母亲眼里满是困惑。

"因为她是母亲。养母曾经告诉过我，即使母亲抛弃了我，那也肯定有她的理由。"他的眼里充满了晴空般的真诚，"而作为儿子，我必须给母亲最多的爱。"

"因为她是母亲"，年轻的母亲把这句话又默默地重复了两遍，心底陡然涌过一股莫名的暖流。突然，她将小女孩紧紧地搂在怀里，敬慕地看着身旁这位随母亲亦喜亦忧的著名企业家。

是的，因为她是母亲，无论她曾付出了多少，无论她有过怎样的对和错，她都理应得到儿女最慷慨的爱的回报。

真情传递

故事中的企业家在养母的爱中长大，在养母去世后又努力用爱回报给了他生命的生母，他是一个有情有义的人，一个懂得感恩的人。我们也要感恩给予我们生命的父母，多体贴和照顾他们，努力让他们开心和幸福。♥

生性叛逆的他想摆脱父亲的影子，却发现父亲已经成为他生命中不可替代的一部分。

永远是你的儿子

译/尹玉生

我在佛蒙特州长大。我的家乡是个典型的小镇，散落的房舍，树木成林，数家小店铺组成的商业区，两家小餐馆，三家小服务铺，一家小诊所。在这里，人们见面都会亲切地直呼其名，相互问好。即便是今天，小镇居民仍然会热情地称我为"伊浦利医生的儿子"。

当我还是婴儿的时候，我父母就移居到佛蒙特州了。我父亲是医生，一个说话轻声细语的善良男人。小镇上的人们都称呼他"伊浦利医生"，称我为"伊浦利医生的儿子"。

在我入学的第一天，我的同学们都乐于围绕在我的身边，因为我是医生的儿子。"既然你有个医生爸爸，你肯定是个聪明的好孩子。"我的一年级老师对我说。我禁不住喜形于色。

当我已是十六岁的大男孩时，邻居们依然称我是"伊浦利医生的儿子"，他们都认为我会像我爸爸一样诚实地生活。但每当我听到他们又将我和爸爸放在一起评说时，心中就不满。每当有陌生人问我是不是伊浦利医生的儿子时，我都特意强调："我叫哈罗德，我完全有能力处理好自己的事情。"为了发泄不满，我甚至开始直呼我爸爸的名字——萨姆。

"最近你怎么有些怪怪的？"一天，爸爸皱着眉头问我。

"是吗，萨姆？"我回答道，"我这样让你不开心了吗？"

"你知道，当你叫我萨姆的时候，我真的很伤心。"爸爸有些难过。

"是吗？当每个人因为尊重你而尊重我，同样也令我伤心。我不想沾你的光，我只想做我自己。"

我的中学生活一直在别扭中度过，直到我十八岁那年，我特意选择了一所远离小镇的大学。在那里，再没有人叫我"伊浦利医生的儿子"，因为没有一个人认识我的父亲。

大学生活的一个晚上，我和一群同学坐在宿舍里分享各自的生活故事。后来我们谈到少年时代最讨厌的事情，我抢先说道："我最不能忍受的事情是，在我成长的那个小镇，所有人总是拿我和我当医生的父亲作比较。有时候，我真不愿意做他的儿子。"

坐在我身旁的女生皱了皱眉头，说："我一点也不理解你所说的，我会为有这样一个受人尊敬的好父亲而自豪。"她的眼中突然涌出泪水，"如果我能被叫作谁谁谁的女儿，我愿意付出我今天拥有的一切。但我不知道我父亲在哪儿，在我四岁的时候，他就离开了妈妈和我。"一段令人难堪的沉默后，我连忙岔开话题，不敢再听这个女生说下去。

放寒假了，我决定回家度假。在大学的四个月里，我结交了许多新朋友，成了学校里受欢迎的人。我的父母都为我的改变而惊讶不已。

我在小镇尽情地享受两周的假期。一天，我提出想开父亲刚购买的那辆新车。父亲同意了，但还是警告我小心点。

我跳上车，驶向了公路，欣赏着佛蒙特州迷人的乡间景色，不知不觉已驶出数公里。在靠近市镇的一个忙碌的十字路口，我脚踩油门，脑子却在走神。这时，刺耳的刹车声惊醒了我，我来不及作出任何反应，只听"嘭"的一声，已经撞车了。

被我撞的是辆小轿车，驾车的是位妇女，她看来并没有受伤。只见她跳下车来，大声嚷嚷："你这个白痴！车开之前为什么不看看前面？"

我透过挡风玻璃审视着我们的车，发现两辆车都受损不轻。我坐在那里，像个犯了大错的孩子。那位妇女继续大嚷："都是你的错！你上保险了吗？你有能力赔付吗？你是谁？"她不断地问，"你是谁？"

我的膝盖开始颤抖，竭力控制着眼泪。女人的语速越来越快，我惊慌失措地回答道："我是伊浦利医生的儿子。"

几乎与此同时，女人的脸上马上露出了微笑："对不起，我刚才不知道你是伊浦利医生的儿子。"

一个小时后，我驾着父亲严重受损的新车回到家中。我硬着头皮将钥匙递还给父亲，将发生的事情如实地告诉了他。

"伤着你没有？"父亲问。

"没有。"我低着头不敢看他。

"那就好，"他回答道，然后他将头转向门的方向，"哈罗德，"父亲准备出去，"抬起你的头来，你不必这样无精打采。"

那天晚上是平安夜，我们一家去参加一个小型聚会，和朋友们一起庆祝圣诞节的到来。圣诞节的钟声敲响了，人们欢呼着，相互问候。我看见父亲在对面的房间里，就罕见地和他拥抱起来，发自内心地说："谢谢你，爸爸。我永远都是你的儿子，我也永远会为此而自豪。圣诞节快乐！"

真情传递

一位受人尊敬的父亲在给孩子带来荣誉的同时，也让孩子失去了自我。由于一次车祸，孩子重新认识自己和父亲的关系，并为父亲感到骄傲。在这个世界上，不管你过得好不好，你永远是父母的孩子，是他们牵挂一生的人。♥

有多痛就有多快乐

文/周海亮

接到大学录取通知书的那个夏天，他和父亲正顶着毒辣的太阳在地里拔草。

第二天晚上，父亲拿出一沓钱，对他说："能借的都借过了，还差几百块。"

他红着眼说："那我不上了。"

许久，父亲抬起头，说："明天去山上捉蝎子吧。"

村后的山上有蝎子。蝎子晒干后，大的能卖两毛钱，小的能卖一毛钱。

他们起早贪黑，捉了几百只蝎子。

离开学只有三天，父亲去了县城。回来的时候，天已经黑了。他把目光急切地迎上去，却不敢问。

父亲松开紧攥的手——几张百元钞票已被汗水浸湿。他接过那些钱，感觉沉甸甸的，手再也不敢松开。

校园生活是紧张和快

乐的。他省吃俭用，把精力全部用到了学习上。

大学的第一个暑假，他几乎是在家乡的山上度过的。

依然在他开学的前几天，父亲拿着那些蝎子去了县城。

父亲带回来更多的钱。当父亲把那些钱递给他时，倚着门喘息，脸色苍白。

他问："您不舒服吗？"

父亲说："没事，走得急。"

第二年暑假，他仍然和满山的蝎子捉迷藏。

他对父亲说："物价上涨这么快，这蝎子也该涨价了吧？"

这一次，父亲带回的钱更多了，并告诉他："蝎子真涨价了，大的四毛，小的两毛。"

说这话的时候，父亲脸色苍白，倚着门框剧烈地喘气。

第三年暑假，父亲从县城回来的时候，突然在他面前晕倒了。他吓坏了，连忙扶父亲起来。

父亲说："没事，跑

得急了……"

他想，如果明年还捉蝎子的话，说什么也不能再让父亲去卖。也许，父亲真的老了。

大学的最后一个暑假，他带回一个令父亲振奋的消息——他的工作提前找到了，毕业后就能上班。

但他还是上了山，他想再捉些蝎子，卖些钱，然后给父亲买一身像样的衣服。

父亲说："今年别捉了，你都要毕业了，家里也不缺钱。"

他说："就当玩呢呗。"

父亲说："等你捉得多了，我再去县城。"

他哪能再让父亲去县城呢？那天，他背着父亲，偷偷地去了县城。

他找到了采购站，对工作人员说："全都是大个头的。我想都应该四毛钱一只吧。"

柜台里的工作人员莫名其妙地看着他说："收蝎子？那还是十年以前的事吧？"

他愣了，说："怎么可能？我父亲年年来卖蝎子啊！"

他认真地向工作人员描述父亲的样子。

终于，工作人员回忆起来，他说："是有这样一位大伯。四五年前吧，有一天，他拿了一包干巴巴的蝎子来卖，我告诉他不收蝎子了，可他就是不走，在这里整整站了一个上午，就差给我们跪下。实在没有办法，我告诉他附近有个血站，如果他愿意，可以去卖血……"

他站在那里静静地听着，感觉无限痛苦和悲伤，心里痛骂着自己的迟钝。

这么多年，父亲一直靠卖血来帮他完成学业，而他竟然一无所知，还自作聪明地想到蝎子会涨价！那不是蝎子，那全是父亲一滴一滴的鲜血啊！

那天，他很晚才回家。他捧给父亲一件新衣，说："我在县城的采购站卖掉了今年夏天所有的蝎子……"

父亲有些尴尬和惭愧，他们坐在饭桌前吃饭，两个人沉默了很久。

突然，父亲抬起头说："我去卖血是应该的，因为我是父亲，我为的是你的学业和前途；可是你去卖血，却只为给我买一身新衣服，这值得吗？"

他扔下筷子，握紧父亲的手，说："我去卖血，不仅仅因为我想给您买一身新衣服，我还想知道，当那根粗粗的针头扎进身体的时候有多痛，有多快乐……"

真情传递

父母是全天下最无私的人，他们把爱全部倾注在孩子身上，即使卖血也要成全孩子的梦想，即使承受再大的痛苦也会感到幸福和快乐。所以，当我们面对愿意为我们牺牲一切的父母，除了感恩，除了更爱他们，我们还能做什么呢？♥

⭐ 小彼得向妈妈讨账，写了一份账单；妈妈还了小彼得的账之后，也写了一份账单。两份账单，有何不同呢？

账 单

文/佚名

　　小彼得是一个商人的儿子，有时他会到爸爸开的商店里去瞧瞧。店里每天都有一些收款和付款的账单要经办，彼得经常被派去将这些账单送往邮局寄走，他渐渐觉着自己似乎也已成了一个小商人。

　　有一次，他忽然想出了一个主意，也开一张收款账单寄给妈妈，索取他每天帮妈妈做事的报酬。

　　一天，妈妈发现在她的餐盘旁边放着一份账单，上面写着：

　　母亲欠儿子彼得如下款项：

　　为取回生活用品20芬尼

　　为把信件送往邮局20芬尼

　　为他一直是个听话的好孩子20芬尼

共计：60芬尼

母亲收下这份账单后，仔细地看了一遍，什么话也没有说。

晚上，小彼得在他的餐盘旁边找到了他所索取的60芬尼报酬。正当他准备把这笔钱收进自己的口袋时，突然发现餐盘旁边还放着一份给他的账单。

他把账单展开读了起来：

彼得欠他的母亲如下款项：

为在她家里过的十年幸福生活　　　0芬尼

为他十年中的吃喝　　　　　　　　0芬尼

为在他生病时的护理　　　　　　　0芬尼

为他一直有个慈爱的母亲　　　　　0芬尼

共计：0芬尼

小彼得读着读着，感到羞愧万分！一会儿，他怀着一颗怦怦直跳的心，蹑手蹑脚地走近母亲，将小脸蛋藏进了妈妈的怀里，小心翼翼地把那60芬尼塞进了妈妈的围裙口袋。

真情传递

母爱是伟大的、无私的，同时也是默默的、朴素的。跟母亲索要报酬，这是多么可笑的事情呀！一个人一生欠下母亲的太多太多，是无法偿还的。所以，我们应该尽自己最大的努力为妈妈做些事情，让她露出最灿烂的笑容！♥

珍藏的父爱

文／颜艳群

在乔治眼里，瘸了一条腿的父亲是平庸的。一次，市里举行中学生篮球赛，乔治是队里的主力，他非常希望母亲能去观看，就向母亲发出了邀请。母亲笑着说："你就是不说，我和你爸爸也会去的。"乔治听了摇摇头说："我不是说爸爸，我只希望你去。"母亲有些生气："为什么？你嫌弃你爸爸了？"这时父亲走过来，说："这些天我出差，有什么事你们商量着办就行。"

比赛很快结束了，乔治所在的队获得了冠军。在回家的路上，母亲高兴地说："要是你爸爸知道了这个消息，他一定会放声高歌的。"乔治沉下脸说："妈妈，这个时候不提他好不好？"母亲脸色凝重地说："孩子，你不可以这样对待你爸爸。你知道你爸爸的腿是怎么瘸的吗？那一年你才两岁，

140

你爸爸带你去花园玩，路上你左奔右跑，忽然一辆汽车疾驰而来，你爸爸为了救你，左腿被碾在了车轮下。"乔治顿时惊呆了。母亲又说："有件事你还不知道，你父亲就是布莱特，你最喜欢的作家。"乔治惊讶地蹦起来："你说什么？我不信！"母亲说："不信你可以去问你的老师！"

乔治疯狂地跑回学校。面对他的疑问，老师笑了笑说："这是真的。你父亲不让我们透露这些，是怕影响你成长。"

两天以后，父亲回来了。乔治问父亲："你就是大名鼎鼎的作家布莱特吗？"父亲愣了一下，然后笑着说："我就是写小说的布莱特。"

乔治激动地拿出一本书，递到父亲面前，说："请给我签个名吧！"父亲看了他片刻，拿起笔在扉页上写道：赠乔治，生活其实比什么都重要——布莱特。

父亲的爱总是藏而不露的，他不想让儿子知道实情，是为了让儿子能够健康成长，真可谓用心良苦！而儿子不知真相，反而嫌弃父亲，多么不应该啊！世间恐怕也只有父母才能这样无私付出，不图回报。♥

世间不是所有的珠宝都可以用眼睛来欣赏的，真正的珠宝在心中，需要用真情来挖掘……

真正的珠宝

文/申哲宇

一天，两个小孩正在清晨的阳光下快乐地玩耍，他们的母亲卡妮亚过来告诉他们："今天将有位富有的朋友来我们家做客，她将会向我们展示她的珠宝。"

下午，那个朋友来了，一身珠光宝气。兄弟俩十分羡慕地看着客人，发出感叹："她看起来真高贵，真漂亮！"他们又看看自己的母亲，母亲只穿了一件朴素的外套，身上没有戴任何饰品，但是她和善的笑容却照亮了她的脸庞，远胜于任何珠

宝的光芒。

　　"你们想看看我的珠宝吗？"富有的女人问。她的仆人将一只盒子放在桌上。这位女士打开盒子，里面放着成堆的像血一样红的红宝石、像天一样蓝的蓝宝石、像树叶一样碧绿的翡翠，还有像阳光一样耀眼的钻石。兄弟俩呆呆地看着这些珠宝赞叹道："要是我们的妈妈能够有这些东西该多好啊！"

　　客人炫耀完自己的珠宝后，又故作怜悯地说："快告诉我，卡妮亚，你真的有这么穷吗，什么珠宝也没有吗？"

　　卡妮亚坦然地笑着，说道："不，我有，而且比你的更贵重。"

　　客人睁大了眼睛："真的吗？快拿出来让我看看吧！"

　　卡妮亚把两个儿子拉到身边，微笑着说："他们就是我真正的珠宝呀，难道不比你的珠宝更贵重吗？"

真情传递

　　在每位母亲眼里，最贵重的珍宝莫过于自己的孩子。母亲将自己的爱全部浇灌给孩子，而孩子能给母亲带来希望、欢乐与幸福，这难道不是世间最宝贵的东西吗？我们也应该知道，父母也是我们心中最宝贵的财富，我们要好好珍惜他们的爱，学会感恩。♥

玩具汽车虽然很普通，也不值钱，但它代表了一位孩子对妈妈真挚的爱。

最　爱

文/仲利民

这是电视里面的一个精彩的镜头。拍卖会进行到一半时，拍卖师拿出一辆普通的儿童玩具汽车，汽车的后轮还有一个小小的缺口。这时，场下有嘘声，有口哨声，拍卖师没有理会，却让一个孩子走上台来。

拍卖师对下面的人群说："等这个孩子讲完了故事，拍卖就开始。"孩子刚上来时，有些腼腆，张了张嘴，却没有说话。拍卖师问孩子："你为什么要拍卖这辆玩具汽车呢？"孩子听了这句话，好像瞬间有了勇气，说："这辆玩具汽车是妈妈在我六岁生日时买给我的，我好喜欢。妈妈上班去了，我就待在家里和'汽车'一起玩，还和它讲话。有了它，我就很开心。可是，妈妈现在没有班上了，整天哭，她说：'再找不到工作，我们就没有饭吃了。'我想，把我这辆最可爱的'汽车'拍卖了，就会有钱，我们就可以生活下去，妈妈就不会那么伤心了。"

拍卖师问孩子："你爸爸呢？"孩子愣了一会儿才回答："爸爸跟别人走了，不要我们了。但是我要妈妈，我想让妈妈高兴。"

这个贫困的单亲家庭的孩子缺少玩具，缺少新衣，也缺少父爱，可是，他却舍得用自己最爱的玩具换来母亲的开心。

拍卖师在孩子讲完后，对台下的人群说："这辆玩具汽车，拍卖的是爱心，起拍价为800元。"他话音刚落，就有许多人举起了手中的牌子。

"1200元。"

"1500元。"

……

最后一个举牌的是一位房地产老总，他的牌子上写着：我要聘用这位年轻的母亲，还要用1万元买下这辆"汽车"。

当拍卖师问这位房地产老总为何这么做时，这位老总说："我像这个孩子一样大时，父亲抛下我们母子走了，母亲去世后，我成了孤儿。现在，这个孩子也缺少父爱，但我想让他得到更多的母爱。"台下静寂了片刻，紧随而来的是潮水般的掌声。

在拍卖会上，房地产老总之所以愿意出高价买下一辆普通的儿童玩具汽车，是因为他感受到了一对母子之间浓浓的爱。爱是无价的，它可以温暖人心，让一个举步维艰的家庭看到希望，也让别人感受到阳光。♥

最美的眼神

文/马德

一所重点中学举行百年校庆时，恰逢德高望重的老教师雒老师的八十寿辰。

雒老师一生极富传奇色彩，他所教过的学生，许多已成为蜚声海内外的教授、学者以及活跃在时代前沿的IT精英。

是什么使雒老师桃李满天下呢？学校决定在百年校庆之际，把这个谜底揭开。

于是，学校给雒老师教过的学生发出一份问卷，其中最重要的一条是，雒老师的哪些方面最让他们满意。

五花八门的答案很快反馈了回来，有人认为是他渊博的学识；有人认为是他风趣的谈吐；有人认为是他循循善诱的教学方式；有人认为是他兢兢业业的工作作风；有人说喜欢他营造的课堂氛围；有人干脆地说雒老师的翩翩风度是最让他们满意的。

然而，学校对这些答案并不满意。在学校看来，这些闪光之处也可能是其他老师所具有的，并没有代表性。仓促之中，学校在众多的学生中选出一百位最有成就的人。学校认为，这一百位学生的成功，肯定或多或少受到了雒老师的影响。为了得出较为一致的答案，他们这次发出的问卷问题很简单：你认为雏老师的哪一方面对你的人生影响最大？

问卷的答案很快就以传真、电话、电子邮件的形式反馈了回来。

出乎意料的是，这次的答案居然惊人的一致。几乎所有的学生都认为，雏老师给他们人生影响最大的是他的眼神。

这下轮到组织者为难了，本来他们打算通过这次问卷的形式揭开雏老师的教育秘诀，同时把得到的答案作为学校的传家宝流传下去，然而"眼神"这个答案非但没能起到揭秘的效果，反而使事情更加扑朔迷离了。

百年校庆的日子很快到来了。庆祝大会隆重地举行，校长讲完话后，便是各界名流的致辞。

首先，一位知名教授走上了主席台。他先向端坐在中央的雏老师深深地鞠了一躬，然后说："今天我有幸能够站在这里与大家共聚一堂，首先得感谢雏老师。我刚上这所中学的时

候，成绩非常差。说实话，那时候我对自己已经丧失了信心和勇气，是雒老师把我从困难中拯救了出来。此前母校作了一次问卷调查，问雒老师对我们影响最大的是什么，我的回答就是他那会说话的眼神。是的，那时候，同学们都看不起我，父母也对我失去了信心，然而雒老师的眼神中流动着鼓励和肯定，像一股股暖流，温暖着我自卑和沮丧的心。我就是从他的眼神中得到前进的信心和力量，一步一步地走到现在的……"

另一位学者致辞的时候笑着说："上中学的时候，我最讨厌老师的偏袒，比如偏袒成绩好的，偏袒女生。因为讨厌老师，我很厌学。雒老师公正无私的心像一方晴朗的天空，清澈、洁净、透明，从他的眼神中流露出来的是种公正的力量，使我的心也变得晴朗起来……"

后来上台的学生中，凡是雒老师教过的，无一例外地谈到了雒老师的眼神在严肃中传递着爱意。有人认为雒老师的眼神在安静中透着温和；有的同学认为雒老师的眼神中充满父亲般的慈祥；有的同学认为雒老师的眼神就是一条汩汩流淌的河流，不断地荡涤着人的心灵……事实上，大会开到这里已经非常成功了。

没有想到的是，就在庆祝大会将要结束的时候，有一位五十多岁的教师在事先没有被邀请的情况下，走上了大会主席台。他说："我也是雒老师的一名学生，而且在一所中学也教了二十几年的书。我一直有一个心愿，就是想让自己也能够像雒老师一样，把最美的眼神传递给学生。开始的时候，我总是不能做好，后来我渐渐发现，能够传递这样美的眼神的人，需要的并不多，那就是你必须有一颗浸满人间大爱的心。这样的一个人，才会生长出最有人性的枝蔓，才会漫溢出爱的芬芳。"

他讲完之后，台下顿时响起了潮水般的掌声。在对人的影响上，爱的浇灌和人性的感召，永远胜于其他形式。那一天，学校得到了他们最想要的答案。

真情传递

眼睛是心灵的窗户，老师最美的眼神中流动着鼓励和肯定，流露着公正无私，传递着关爱，孕育出最富有人性的枝蔓，漫溢出爱的芳香，只因老师有着浸满人间大爱的美丽心灵。拥有这样眼神的老师，值得学生永远感恩。♥

就是这个没人瞧得起的小男孩，却创造了一个真正有创意的发明，得到了海外赤子的赏识……

最有价值的创意

文/李珊珊

妈妈称他为"这孩子"，老师也称他为"这孩子"。他不明白妈妈和老师为什么不提他的名字，他的名字叫"水远流"，挺顺口的呀。还有，同学们谈论到他，也不提他的名字，总是说"他呀他呀"的。

现在，五年级的水远流已经习惯妈妈、老师和同学们不叫他的名字了，谁让他总是呆头呆脑的，好像他天生就是被老师和同学搁在一边、没人瞧得起的小孩儿呢。

这个学期，学校要接待一位海外赤子。这个人是个发明家，他想到学校看看同学们的创意，然后选出二十名优秀者出资培养。学校很重视这件事，专门让五年级六个班的同学拿出自己最棒的小制作、小发明，让发明家开开眼。

老师开始组织同学们搞小制作、小发明了，大家都在互相商量怎么做出最精彩的实物来。当然，这一次又和往常组织的各种活动一样，没有一个人问过水远流有什么想法。

那天，有个同学做了一个非常好看的机器人，水远流只是摸了一下，几个同学就一把将他推开。大家说："这是创意，弄坏了你赔得起吗？"水远流笑笑，缩回手，靠后站了站。他在想，难道只有这些小机器人、小电脑、小飞机、小火车、小台灯就是创意吗？这样的"意"我也能"创"呀！当然啦，我不能和同学们"创"一样的"意"，不然大家非说我是照着他们的创意做的！

水远流想，就要进入秋天了，我织件毛衣送给这位海外赤子吧，我没有同学们搞创意的本领，但是我小时候跟妈妈学过织毛衣。从这天起，水远流每天晚上都躲在自己的房间里织毛衣。他尽量织得密一些，希望海外赤子穿上会暖和。这事他也不让妈妈知道，不然妈妈肯定说："这孩子，又要在学校丢人现眼了。"

又过了一周，海外赤子来了，他竟然是一位瘦瘦的、高高的老头儿，一点儿也不像同学们说的那么胖。同学们把自己的小制作、小发明摆在桌上，任老头儿看，都希望自己的成果被选上。水远流的桌上空空的，他没有把织好的毛衣摆上去，因为这不是小制作、小发明，他只是想送毛

· 151 ·

衣给海外赤子穿。

老头儿边走边看，连声说"很好，很好"，但一件都没有选。老头儿走到门口时，对同学们说："看了大家做的东西，我很高兴，我想再去别的教室看看。孩子们，再见。"眼看老头儿就要走出教室了，水远流站了起来，说："老伯伯！秋天到了，我想送您一件毛衣，好吗？"

老头儿站住了，然后又快步走到水远流面前。水远流双手捧着毛衣，交给了老头儿，说："老伯伯，这毛衣是我织的，我不知道您会这么瘦。"

老头儿笑着把毛衣打开。当他看到毛衣上绣着的字时，眼里流出了泪，说："这是我渴求了几十年的创意啊！孩子，说说看，你为什么会绣上'慈母线衣'这几个字？"

水远流说："老伯伯，我是这么想的，您能回到祖国，让我想起孟郊的诗句'慈母手中线，游子身上衣'，于是我挑出'慈母线衣'四个字绣上了。我是想让您记住您曾经到过我们学校，到过我们班，我们班还有个学生送给您一件毛衣！"

老头儿伸出手来，紧紧地搂住水远流，说："孩子，你是在告

诉我别忘记祖国呀！我谢谢你。你的'慈母线衣'四个字，会让我把有生之年全部奉献给祖国的！孩子，我上午还有活动，下午会专门来接你，和你好好谈一谈。噢，到时候还会送你一张信用卡，你今后读书的费用我全包了。"

老头儿走后，同学们都嚷起来，有的还和往常一样指责水远流："你有这么好的创意，为什么不告诉我们？你呀，太自私了！"

水远流坐下来，他挺平静的，因为他早已习惯同学们这么对待他了。

真情传递

最有价值的创意发自心灵，体现在毛衣上绣着的"慈母线衣"四个字。在海外赤子的心中，祖国是魂牵梦绕的地方，而"慈母线衣"正好触动了他归来的心声，所以他会被深深地打动。而小男孩这个带着真诚的创意也得到了回报。♥

图书在版编目（CIP）数据

启发小学生明理懂事的真情故事/龚勋主编.—汕头：汕头大学出版社，2012.1（2021.6重印）
ISBN 978-7-5658-0516-5

Ⅰ．①启⋯ Ⅱ．①龚⋯ Ⅲ．①儿童故事－作品集－世界 Ⅳ．①I18

中国版本图书馆CIP数据核字（2012）第003278号

启发小学生明理懂事的真情故事

QIFA XIAOXUESHENG MINGLI DONGSHI DE ZHENQING GUSHI

总 策 划	邢 涛	印 刷	唐山楠萍印务有限公司	
主 编	龚 勋	开 本	705mm×960mm 1/16	
责任编辑	胡开祥	印 张	10	
责任技编	黄东生	字 数	150千字	
出版发行	汕头大学出版社	版 次	2012年1月第1版	
	广东省汕头市大学路243号	印 次	2021年6月第7次印刷	
	汕头大学校园内	定 价	37.00元	
邮政编码	515063	书 号	ISBN 978-7-5658-0516-5	
电 话	0754-82904613			